Les Réflexions d'un Homme de rien ★

sur la Garde nationale en général ★ ★ ★

et sur la Classe bourgeoise en particulier

(de 1830 à 1852)

PAR

Henri MARIN

Ex-officier de la sixième Légion

Publiées par

André LEBEY

Les Réflexions
d'un Homme de rien

sur

LA GARDE NATIONALE EN GÉNÉRAL

et sur

LA CLASSE BOURGEOISE EN PARTICULIER

(depuis 1830 jusqu'à ce jour)

Il a été tiré 206 exemplaires, dont 6 exemplaires numérotés sur vergé teinté fort à la forme des papeteries d'Arches.

Les Réflexions
d'un Homme de rien

sur

LA GARDE NATIONALE EN GÉNÉRAL

et sur

LA CLASSE BOURGEOISE EN PARTICULIER

(depuis 1830 jusqu'à ce jour)

dédiées à M. Husson, ancien colonel de la 6ᵉ Légion

PAR

Henri MARIN

Ex-officier du même corps

PUBLIÉES PAR ANDRÉ LEBEY

PARIS

ÉDOUARD CORNÉLY & Cⁱᵉ, ÉDITEURS

101, Rue de Vaugirard, 101

1910

LES

Réflexions d'un Homme de rien

SUR LA GARDE NATIONALE EN GÉNÉRAL
ET
SUR LA CLASSE BOURGEOISE EN PARTICULIER

(depuis 1830 jusqu'à ce jour)

* * *

Ces réflexions sont précieuses. Elles nous font connaître l'état d'esprit de la garde nationale sous Louis-Philippe et à la veille du coup d'État, comme aussitôt après celui-ci. Le bon sens, souvent trop étroit, qui les soutient s'éclaire ici et là, découvre des horizons, précise des points obscurs. Nous savons désormais un peu de ce qui se passait sous les bonnets à poil de la milice bourgeoise. L'esprit politique assez simple et fréquemment faux d'Henri Marin n'est pas toujours à dédaigner ; aussi le lecteur lui pardonnera-t-il, entre autres choses, son admiration pour le général Changarnier, ou même, bien qu'avec plus d'effort, son manque total d'intelligence et de générosité envers le prolétariat : Henri Marin a le sentiment de « sa classe » à un point qui nous étonne et que nous ne saurions plus comprendre. Cette voix du passé, néanmoins, en dépit de ce qui la diminue ou, quelquefois, la restreint tout à fait, malgré l'ignorance de l'histoire économique qu'elle révèle, se prolonge vers nous avec je ne sais quelle autorité expérimentale ; ses erreurs renferment une leçon ; ses répétitions et ses longueurs entraînent de nouveaux aperçus. Un intérêt rétrospectif, enfin, semble s'attacher, de nos jours, à cette époque si pleine d'enseignement, si grosse de conséquences, constamment travaillée par les idées, que fut le règne, apparemment uniforme, du Roi-Citoyen ; et la garde nationale, en particulier, y retient l'attention.

Nous avons trouvé ce manuscrit — deux petits cahiers modestes à couverture de couleur — à la bibliothèque de la ville de Paris, dans les papiers de Maxime du Camp, ayant trait à la révolution de 1848, dont il se servit pour rédiger ses *Souvenirs* (1), et qui ne sont pas encore catalogués (2). Nous le donnons tel quel, sauf quelques coupures, sans commentaires, sans retouches presque, dans sa forme naïve, souvent incorrecte.

Il est de ces documents qui parlent d'eux-mêmes.   A. L.

---

(1) Maxime du Camp, *Souvenirs de l'année 1848*, 1 vol., Hachette, 1876.

(2) *Bulletin de la Bibliothèque et des Travaux historiques*, publié sous la direction de M. M. Poëte. Imprimerie Nationale. Trois volumes sont déjà parus.

Paris, le 20 janvier 1852.

Mon cher Monsieur Husson,

Depuis près d'une année je vous avais dit que j'étais entrain, dans mes moments de loisir, de mettre sur le papier mes réflexions sur la Garde nationale en général, puis de vous en faire hommage. C'était le seul moyen en ma possession de témoigner à mon ancien colonel mon amitié et ma reconnaissance, aussi n'y aurai-je jamais manqué; c'était pour moi une dette sacrée; j'en acquitte aujourd'hui la moitié, car ce cahier n'est que la moitié de l'ouvrage, l'autre, comme l'on dit vulgairement, est sous presse, ce qui signifie pour moi que je n'ai plus qu'à continuer de mettre au net le manuscrit qui est terminé. Un des points qui m'ont le plus retardé, c'est que j'attendais l'ordonnance des élections des officiers, ce qui va suivre vous dira pourquoi; mais j'ai encore là compté sans mon hôte, car ce que moi et bien d'autres encore auraient fait alors, ce sera maintenant le Prince Louis-Napoléon qui se chargera de ce soin; je n'ai à coup sûr ni la prétention ni le pouvoir de lui conseiller les choix qu'il pourra faire, et je m'en rapporte parfaitement à lui là-dessus; il n'en est pas moins vrai, cependant, que grâce à ces nouvelles circonstances, mon travail ne serait plus qu'un hors-d'œuvre inutile, si je ne vous l'avais pas offert sous l'impression des sentiments que j'ai exprimés plus haut et avec lesquels je vous prie de me croire, pour toute la vie,

Votre très humble et dévoué serviteur et ami.

MARIS.

Août 1851.

Mon cher Colonel,

Vous que, pendant tant d'années, les habitants du sixième arrondissement ont constamment nommé le chef de leur Légion, qu'ils auraient élu pendant bien d'autres encore, sans les circonstances de 1848 qui sont venues interrompre momentanément un commandement qui n'aurait fini que quand vos forces épuisées, ou votre âge trop avancé, vous auraient vous-même forcé à la retraite. Mais Dieu merci, les trois dures années que nous venons de subir ne vous ont point vieilli d'une journée. La nouvelle Loi de la Garde nationale qui vient de se voter, et l'élection des officiers supérieurs se faisant au deuxième degré, seul moyen pour que ce vote important ne devienne pas la proie des partis. j'espère, Colonel, — et bien d'autres l'espèrent avec moi, — que ce titre qui vous a été conservé par notre cœur dans nos relations d'amitié, comme un signe permanent de notre respect et de notre reconnaissance, va enfin devenir une réalité. Cette nouvelle réorganisation de la Garde nationale et des élections qui en seront la suite auront certes une grande importance, car ce sera pendant leur durée que notre pays devra passer cette époque très critique de 1852 où le concours énergique, l'accord parfait de tous les bons citoyens deviendront indispensables pour résister aux efforts combinés des démagogues de toutes les nuances.

Nous nous rappelons, Colonel, que c'est de votre volonté seule que vous vous êtes retiré des dernières élections, et nous nous souvenons également qu'en prenant cette détermination vous avez voulu rendre encore un service à votre arrondissement en laissant le champ libre à MM. Charles Lagrange et Forestier, qui lui, n'a pu l'emporter sur son concurrent que de 300 voix sur 17.000 votants, tandis que, si vous étiez resté, beaucoup de vos anciens camarades, consultant plutôt leur cœur que les besoins de la circonstance, auraient en votant pour vous amené un résultat tout contraire ; nous aurions eu alors l'honneur d'avoir le citoyen Charles Lagrange, non seulement comme représentant, mais aussi comme colonel.

J'ai beaucoup d'estime pour M. Charles Lagrange (1), comme on en a toujours pour tous citoyens dont les opinions sont anciennes, invariables et sincères. Je le crois un très bon soldat du peuple, comme il le dit lui-même ; je pense encore, comme l'a nommé M. Proudhon, qu'il est le Bayard de la Démocratie, ou de la Démagogie, car je ne me rappelle pas bien, il est vrai, de laquelle de ces deux expressions s'est servi à son égard l'ancien rédacteur du *Peuple*. Mais ce que je sais parfaitement, c'est qu'il eût fait un très mauvais colonel de notre Légion, justement par rapport à la diversité des classes qui la compose, et, malgré ce qui est arrivé plus tard, je trouve que grâce à votre abnégation, il a été fort heureux que M. Forestier (2) ait pu l'emporter sur lui.

---

(1) Charles Lagrange, le révolutionnaire, auquel on avait faussement attribué la conduite de la colonne fatale, en février 1848, sur les boulevards, siégea à la Chambre et demeura, en général, bien vu de ses adversaires.

(2) Le lecteur connaît la personnalité de Forestier, son rôle en 1848, son malaise et son expectative pendant la journée du 13 juin 1849.

Si je n'ai pas comme autrefois fréquenté l'État-Major de notre Légion, c'est que les opinions du nouveau colonel, et surtout de son entourage, n'étaient pas en rapport avec les miennes. Ce qui ne m'a pas empêché de rendre justice à l'homme privé en respectant en lui l'honnête homme et le digne vieillard, et ce n'est pas sans plaisir que je l'ai vu sortir acquitté du procès de Versailles (1); c'est encore avec la même satisfaction que j'ai reçu sa visite, et lui ai serré la main au mois de mai 1850, lors du Procès de la *Solidarité Républicaine*, où nous nous sommes trouvés ensemble à la Cour d'assises, lui comme spectateur, et moi comme chef du jury dans cette affaire.

La Garde nationale attendait depuis longtemps, et avait grand besoin d'une décision définitive, qui, quoique tardivement, vient d'être prise à son égard. De toutes les institutions de 89, la Garde nationale est une de celles qui ont provoqué le mouvement de réaction le plus vif et le plus prononcé; un seul jour d'abandon et de vertige, dont les causes premières ne dépendaient pas d'elle, a suffi pour lui faire perdre son prestige; les services rendus après, et dont je parlerai plus loin, n'ont pu faire oublier au pays la part qui lui revient dans la catastrophe de février. Plusieurs feuilles, dites de l'Ordre, et dont quelques-unes l'avaient trompée avant, demandaient son licenciement; brochures, discours, caricatures, rien ne lui a manqué; aussi, dégoûtée, elle s'était insensiblement habituée à cette idée; beaucoup de ses membres mêmes le désiraient, et si la Chambre l'avait voté, sans doute les partis avancés, et leurs organes dans la presse, auraient pris en style plus ou moins violent fait et cause pour la milice citoyenne, mais, à coup sûr, sans sa procuration; bien au contraire, chacun aurait rendu ses armes, vendu son uniforme, sans faire pour cela ni protestations, ni émeutes.

Mais la Garde nationale est conservée.... C'est à elle maintenant à rattraper son prestige; si elle s'est trompée quelquefois, on lui doit aussi de grandes obligations et, quoi qu'en disent ses détracteurs, je trouve, mon Colonel, que la Chambre a bien fait, avant de couper, branche par branche, toutes les institutions libérales de 89. Essayons encore!... Elles nous ont donné le gouvernement parlementaire en remplacement de celui absolu, nous avons

____

(1) Sur l'affaire du 13 juin.

acquis plus d'expérience, nous aurons peut-être plus de raison.
Ne nous laissons donc pas tomber si bas que nous soyons obligés
d'y revenir ; sachons, au contraire, nous servir de ces libertés,
vraies, régulières, comme doit le faire un peuple sensé, intelligent,
grand et fort ; soyons, en un mot, l'admiration des autres peuples
au lieu d'en être la risée ou la crainte, et rappelons-nous bien que si
l'on nous met des armes à la main, ce n'est que pour les défendre (1)
et en réprimer les excès, comme pour en maintenir l'exécution,
pour empêcher qu'on en abuse, comme pour empêcher qu'on nous
en prive... Pas une virgule de plus, pas une virgule de moins.

La Garde nationale de la nouvelle loi, qu'on appellera plus
tard ou, pour mieux dire, qu'on a déjà appelée dans la discussion
« Une garde privilégiée », ne sera, pourtant, en réalité, qu'une
institution régularisée, remplaçant une institution pareille, mais
trop étendue, et dont on avait été obligé en 1848 de licencier
une partie de ses légions, de désarmer quelques compagnies des
autres et qui, par suite de ces circonstances, se trouvait entière-
ment désorganisée.

Le Conseil d'Etat qui a préparé le projet de la loi, la com-
mission qui l'a examiné, la majorité qui l'a voté, n'a dû voir et
n'a vu en effet dans le service de la Garde nationale que ce que l'on
doit y voir d'une manière raisonnable, c'est-à-dire une charge à
supporter, des devoirs à remplir et quelquefois, par cela même,
des dangers à courir... Cette charge, on doit la rendre la moins
onéreuse possible, afin qu'un plus grand nombre puisse y prendre
part... Mais ces devoirs, avant de confier des armes à un citoyen
pour les remplir, la loi a dû prendre une garantie quelconque. On
a pensé qu'un homme qui a un an de domicile, qui paye un impôt
quelconque, qui peut faire ses frais d'équipement et de service,
doit déjà avoir le sentiment de la conservation sociale par le maintien de l'ordre et des lois qu'on le charge de défendre et à laquelle
toutes prospérités industrielles, commerciales, scientifiques, litté-
raires et artistiques sont attachées ; aussi, depuis la fortune la plus
minime jusqu'aux positions les plus élevées, tous doivent contri-
buer sans exception à cette charge de temps, d'argent, de fatigue
et quelquefois de dangers ; et si, mon Colonel, il était dangereux
d'armer tout le monde, comme le voulait l'opposition dans la dis-

---

(1) Ces libertés.

cussion de la loi, les journées de juin 1848 ne l'ont que trop prouvé.
Il est temps aussi que l'abus de laisser ce service obligatoire à tous,
à la petite et moyenne bourgeoisie, cesse totalement et pour
toujours. C'est dans ce but que de notables changements ont été
apportés dans la composition des conseils de recensement et
comme le dit fort bien M. Allaury dans un article très remarqua-
ble du *Journal des Débats*, du 9 avril dernier : « La composition
actuelle de ce conseil, telle qu'elle a été fixée par la loi de 1831,
a soulevé des attaques les mieux fondées. Dans les départemens,
la prépondérance, ou plutôt l'influence exclusive du conseil municipal, et à Paris, celle des maires, qui dans cette ville surtout et
dans les derniers temps, avaient fini par adopter une habitude de
complaisances fâcheuses qui avaient altéré profondément l'esprit
de l'institution. Par ce système d'accommodements peu réguliers,
dont la source était dans les bureaux, les hommes qui, par leur
position sociale, avaient le plus d'intérêt au maintien de l'ordre,
avaient disparu peu à peu des contrôles et s'étaient, par cela même,
soustraits à cette charge publique. Dès lors, les cadres de la
Garde nationale n'ont plus été remplis que par la population la
plus indifférente, et souvent la plus hostile à l'ordre public, et
l'institution avait été ainsi fatalement détournée de son but. Le
meilleur moyen de remédier à cet abus était de restreindre l'influence de l'autorité municipale dans les opérations de recensement et d'y donner la prépondérance aux agents du pouvoir exécutif. C'est ce que la loi nouvelle a fait dans un ensemble de dispositions qui méritent une approbation complète ».

La position de la Garde nationale, depuis près d'une année surtout, me fait un peu, mon Colonel, l'effet de l'enfant du peuple
dont parlait à la tribune, dans une figure de rhétorique, un ora-
teur de la Chambre ; cet enfant, on l'avait donné pour camarade
à un fils de prince, et quand le fils de prince avait mal fait, on le
punissait dans la personne de son camarade en infligeant la cor-
rection à ce dernier. Eh bien, ici, le fils de prince, c'est l'aristocratie
de la société, celle notable, comme celle financière, qui n'a pas
voulu, par un service obligatoire à tout le monde, fusionner avec
les classes au-dessous d'elles ; ç'a été encore plus d'un prince de la
parole à la Chambre, plus d'un prince des Premiers-Paris dans
certains journaux, les uns par une ambition ou un orgueil souvent
démesurés ou une polémique trop irritante, dictée par la passion

les autres qui ont fait la faute de nous mettre où nous sommes,
sans savoir quand et comment nous pourrons en sortir ; et lorsque
le mal est fait, c'est l'enfant du peuple, c'est la garde nationale que
ces Messieurs accusent de tout, et veulent corriger par un licenciement général.

Les principales dispositions de la loi nouvelle ne se bornent en
réalité qu'à faire un peu de différence avec celle de 1831 sur la
Garde nationale, en général, et avec celle de 1837 sur celle de
Paris, en particulier, mais, dans ces limites, elle fait à peu près
tout ce qu'il était possible de faire, elle relève, elle corrige, elle
renforce, autant que faire se peut, cette législation étant antérieure ;
l'efficacité de cette loi dépendra principalement de la manière
dont elle sera exécutée. Mais, je répète encore, et tous les gens de
bonne foi et de bon sens le diront comme moi, le seul changement
principal, celui des conseils de recensement, donne vraiment à
cet égard des garanties sérieuses.

C'est aussi, mon Colonel, un des points qui a été le plus combattu dans la discussion, avec celui du droit au fusil pour tout le
monde, par la Montagne tout entière et par l'opposition qui la
suit maintenant, après l'avoir combattue autrefois à coups de
fusil, et qui, depuis, a eu le tort de s'allier avec elle pour faire
nombre dans leurs votes (1). Eh bien, dans les diverses séances qui
ont été employées à la discussion de la loi, où les discours les plus
violents ont été prononcés, pas un discours convenable pour leur
répondre n'a pu être trouvé par les orateurs chargés de ce soin, si
ce n'est toutefois celui du Ministre de l'Intérieur, Léon Faucher ;
rien de rigoureux, rien d'énergique pour relever le moral des
classes si diverses de cette grande portion de l'État, que l'on nomme
la bourgeoisie et dont la partie la plus nombreuse, la moyenne et
la petite, compose presque exclusivement la garde nationale. Au
contraire, on semblait flotter sans cesse entre le licenciement,
qu'on n'osait pas faire, et la réorganisation dont on n'espérait pas
grand'chose. Un honorable général, très connu pour la loi en
faveur des animaux brutalisés, est venu parler à la tribune de
notre institution en termes des plus excentriques et, sur les
données les plus inexactes, a porté, sur son esprit comme sur son

---

(1) Proudhon a signalé cette alliance dans son volume : *Les confessions d'un
révolutionnaire*, Lacroix, 1868.

courage, des jugements qu'on peut à bon droit qualifier d'injustes et d'imprudents, pour ne pas dire davantage... Quoi, c'est dans ces temps difficiles, où l'on peut encore avoir à redouter de nouvelles guerres civiles, que vous venez, Général, exagérer ce que l'on appelle la poltronnerie du boutiquier ou du bon bourgeois, et, par cette exagération, vous ne craignez point d'exciter encore l'audace des émeutiers en leur laissant croire qu'on peut prendre nos fusils dans nos mains comme on les prendrait au râtelier même ; mais les simples soldats, dont vous devez au moins apprécier les sentiments avec plus de justice que les nôtres, nous parlaient autrement dans les banquets que nous leur avons donnés pour nous préparer ensemble à la lutte terrible de 1848. Ils nous disaient, ces braves : « ..... Nous savons que vous avez des établissements, que vous avez des familles, des enfants, vous ne pouvez pas, vous ne devez pas agir comme nous, nous ne vous demandons que le premier coup de feu et nous nous chargeons du reste... » Nobles et simples paroles, qui ont été bien comprises. Promesses généreuses qui ont été si courageusement remplies, car dans ces jours douloureux tout le monde a fait son devoir.... Et s'il y avait des gardes nationaux dans les barricades et parmi les révoltés, qu'y avait-il d'étonnant à cela, puisque la population était partagée en deux camps et que tout le monde était de la garde nationale ? Ceci prouve seulement que le droit au fusil pour tout le monde est aussi impossible, mais plus dangereux encore, que le droit au travail, et qu'on a bien fait de ne pas l'admettre. Rassurez-vous, Général, la Garde nationale bien organisée et, surtout, bien commandée, ne sera jamais une garde prétorienne au service du premier pouvoir absolu qui voudrait essayer de se produire à travers les incertitudes de notre époque, ni une force turbulente facile à exploiter par le premier parti excentrique et tapageur venu. Elle a, depuis quelques années, trop cruellement et trop chèrement acquis l'expérience des hommes et des choses de son temps pour qu'elle ne sache pas positivement à quoi s'en tenir à ce sujet.

A présent, mon Colonel, que je me suis soulagé le cœur de ce qui y pesait quelque peu, permettez-moi de passer avec vous et au galop la revue de cette Garde nationale dont vous avez si bien commandé une légion pendant quinze ans et que, j'espère bien, vous commanderez encore. Mais, avant de rendre justice à ce qu'elle a fait de bien, et de lui dire aussi la vérité sur ses faiblesses et ses incertitudes, afin de l'éclairer sur sa marche à venir, plantons d'abord son drapeau en disant, en peu de mots, quel précepte elle doit suivre et quel devoir elle doit remplir.

Pour arriver à ce but, il me suffira de citer textuellement les paroles d'un illustre général que nous avons eu l'honneur d'avoir pour commandant supérieur. En quittant Alger en 1848, le général Changarnier disait dans sa proclamation aux habitants: « Tous les gouvernements ont besoin d'ordre, c'est ce qui les constitue, les honore et les affermit. » On ne peut, à coup sûr, exprimer en meilleurs termes et en moins de mots quelle est la politique que nous avons à soutenir, n'importe sous quel gouvernement les agitations diverses de notre pays viendraient à nous placer... Voilà pour le précepte.

Le même général, dans une mémorable séance du mois de janvier 1851, disait à la tribune lors de sa regrettable destitution : « Je n'ai jamais voulu être et je n'ai jamais été l'instrument d'aucun parti. J'ai voulu ce que voulaient tous les hommes honnêtes. J'ai voulu l'exécution des lois, le maintien de l'ordre, la reprise des transactions commerciales, la sécurité de la grande cité, celle de la France entière, et j'ai l'orgueilleuse satisfaction d'avoir contribué à vous donner ce bien... »

Ce qu'a voulu l'honorable général, c'est, mot pour mot, ce que nous avons à faire et le seul but de notre institution. — N'être jamais l'instrument d'aucun parti. — Maintenir l'exécution des lois. — Maintenir l'ordre et faciliter par ces moyens les transactions commerciales par la tranquillité du pays. — Telle est notre tâche; ayons aussi, Colonel, l'orgueilleuse satisfaction de la bien comprendre et de l'exécuter de même en la remplissant avec l'esprit de suite et d'énergie. Inspirons-nous pour cela de la bravoure militaire et de l'énergique fermeté de caractère de l'illustre auteur des paroles que je viens de citer; nous ne pouvons être certainement à meilleure école.

Il est à remarquer que parmi les feuilles publiques qui se sont montrées hostiles à la réorganisation de la Garde nationale, on peut placer en tête les deux journaux élyséens, *la Patrie* et *le Constitutionnel*. Le journal quasi légitimiste *le Corsaire* nous a bien, il est vrai, envoyé quelques bordées, mais, ou ses pointeurs ne valaient rien, ou ses pièces ont fait faux feu, car c'est ce qui nous a le moins frappé. *L'Assemblée nationale* nous a mieux ajustés ; ce

journal qui, sous le patronage de M. Guizot, cherche à faire fusionner ensemble les deux branches monarchiques, devrait pourtant
chercher aussi à faire fusionner les diverses classes de la société,
et la Garde nationale est, à mon avis, un des moyens qui, pour
obtenir ce résultat, aurait peut être le plus d'efficacité. Le même
journal, malgré que la loi soit votée, n'en continue pas moins
contre nous, par la plume d'un de ses plus spirituels rédacteurs,
la guerre peu courtoise que nous y avait faite, avant, M. Amédée
Achard, son feuilletonniste... (1).

Mais qu'est-ce que toutes ces pointes d'esprit plus ou moins burles-
ques sur notre institution et sur nous-mêmes auprès de la foudroyante
brochure signée Homolle et qui se vend chez la papetière du passage Choiseul. L'auteur trouve, seulement, que la Garde nationale
est : 1° hostile au pouvoir; 2° impuissante à faire le bien et à empêcher le mal; 3° coûteuse; 4° indisciplinée et indisciplinable; 5° elle
est souvent la cause et toujours l'instrument des révolutions. D'où
cette conséquence rigoureuse : la Garde nationale est dangereuse,
et inutile; d'où cette nécessité impérieuse : pour abolir les révolutions, la Garde nationale doit être, au plus tôt et à jamais, suppri-
mée. Le réquisitoire, vous le voyez, est au complet.

L'auteur trouve d'abord que la Garde nationale est hostile au
pouvoir parce qu'elle est d'origine révolutionnaire. Moi, je répondrai que ce sont les révolutions faites sans elle qui ont nécessité
son institution; quand un pays est bouleversé, quand la force
publique se trouve neutralisée, on arme tous ceux qui ont quelque
chose à défendre : leur domicile, leur famille, une boutique, un
commerce quelconque, comme ceux qui sont propriétaires, depuis
le plus petit jusqu'au plus grand, pour résister à ce que M. Thiers
a appelé avec raison la vile multitude, qui est composée de ce que
vous savez aussi bien que moi, et que les hommes politiques qui
font les révolutions redoutent, après qu'elles sont faites, autant
que nous, mais dont ils se servent pour avant-garde, quand la
révolution commence, en nous laissant à nous la tâche difficile de
les maîtriser.

Je ne suivrai pas M. Homolle dans son histoire rétrospective
de la garde bourgeoise de 93; je n'ai pu nécessairement la
connaître, et j'ai toujours eu pour habitude de ne porter un juge-

---

(1) Nous passons ici quelques lignes sans grand intérêt.

ment que sur ce que j'ai vu ou entendu. D'après l'histoire et le
récit qu'ont pu m'en faire quelques contemporains de cette époque
lugubre, ma pensée est que la garde bourgeoise d'alors, avec ses
piques au lieu de fusils, sans armée pour la soutenir, sans chefs
militaires pour la conduire, devait être quelque chose de fort
embarrassé plutôt que fort embarrassant.

Laissons la Garde nationale de la première révolution, car
je ne veux pas suivre plus longtemps l'incohérence des feuilles et
brochures qui nous ont combattus, en comparant toujours l'époque
précitée avec la Garde nationale actuelle, et cela tout en repro-
chant aux montagnards d'à présent d'avoir la manie de chercher
toujours à imiter en politique, en discours comme en actions,
leurs terribles devanciers. Parlons, mon Colonel, de celle de 1830
jusqu'à nos jours ; là nous serons compétents tous les deux, moi
pour vous entretenir des impressions que j'ai dû éprouver, vous,
mon Colonel, qui l'avez commandée, pour me dire si je me trompe
ou si je suis dans le vrai.

A l'époque de juillet 1830, la Garde nationale n'a pu, comme
corps militaire, coopérer à la révolution d'alors, puisqu'elle avait
été licenciée en 1827 ; mais ce qu'il y a de certain, c'est qu'elle s'est
réorganisée de suite avec un entrain qu'on ne retrouvera peut-être
plus, c'est qu'elle a de suite rétabli l'ordre dans la grande cité. Et,
au jugement des ministres, il n'y avait pourtant plus qu'elle pour
maintenir une population qui demandait leurs têtes et si
MM. Polignac, Perronnet et leurs collègues ont pu plus tard
mourir de leur belle mort, ou tranquilles dans leurs propriétés,
c'est à la Garde nationale d'alors et à elle seule qu'ils le doivent.

Vous vous rappelez, sans doute, Colonel, quelles ont été les
luttes qui ont suivi la révolution de 1830, les années 1832, 34, 35
et 39 sont là pour nous en faire souvenir. Eh bien, à ces diverses
époques, est-ce que la Garde nationale n'a pas marché ? Et si une
partie s'est abstenue, cela tient à des circonstances diverses, qu'on
ne pourra jamais empêcher totalement, mais dont on peut du
moins diminuer l'influence. J'indiquerai plus loin les moyens que
je pense convenables pour tâcher d'obtenir ce résultat désirable.
L'avant dernière affaire que nous avons eue sous le règne de
Louis-Philippe n'a pas été, si on le veut, une guerre civile, parce
que le crime qui devait la préparer n'a pu réussir, la Providence
en a heureusement décidé d'une autre manière ; mais si nous

ne l'avons pas eue, nous n'en n'avons pas moins assisté à quelque chose de plus infâme encore, et qui était le signal qui devait la commencer : je veux parler de la machine infernale de Fieschi et Compagnie; c'était l'arme des lâches, disposée avec un instinct diabolique derrière une jalousie pour tuer le roi et sa famille, sans s'embarrasser de ceux qui l'entouraient, sans s'embarrasser du peuple même qui était venu voir la revue, ni des gardes nationaux qui en composaient les lignes, et qui, quoi qu'en disent les dignes citoyens qui tiraient dessus, sont pourtant bien du peuple aussi. Ah ! quand bien même l'affreux projet des révolutionnaires de l'école de Blanqui et consorts eût réussi, ils n'auraient certainement pu parvenir alors à nous donner les institutions dont nous avons joui depuis 1848, qui sont pourtant bien loin de leur plaire encore, puisqu'ils ont déjà, et qu'ils espèrent bien encore essayer de les changer. La population tout entière était alors indignée d'un tel brigandage, et la Garde nationale, qui n'était assurément pas républicaine ce jour-là, n'aurait pas quitté le terrain avant qu'on en ait fait une entière justice.

Le jour de ce grand désastre, ma compagnie se trouvait avant le déjeuner juste où s'est trouvée après celle de la 8ᵉ légion, qui a reçu le coup fatal, par un mouvement de gauche qui s'est opéré pendant que nous étions à table; nous nous sommes trouvés presque en face le Château-d'Eau, quand la détonation s'est fait entendre : on nous criait : « Ne quittez pas vos rangs ! » J'étais caporal alors, je me trouvais en serre-file, profitant de cette position hors rang pour courir vers l'endroit fatal. Là, un tableau que je n'oublierai jamais de ma vie s'est offert à mes yeux : j'ai vu le champ de carnage, j'ai vu l'intérieur du Café Turc transformé tout à coup en ambulance, j'ai vu les morts et les mourants, j'ai entendu les cris et les plaintes des blessés, et, à travers l'horreur que j'éprouvais, la réflexion que j'ai faite alors, le sentiment qui a surgi, tout à coup, de mon cœur et de ma raison, c'est qu'il était impossible qu'un changement de gouvernement seul pût pousser les partis, même les plus avancés, à de telles pensées et à l'exécution d'aussi affreux moyens pour y parvenir... Non, déjà, alors existaient au fond des cœurs pervers ces détestables théories égalitaires qui devaient plus tard nous procurer l'époque où nous sommes, mais où, Dieu merci, il s'est trouvé encore assez de grands caractères, de nobles courages et d'énergie civique, pour résister à un pareil fléau, et empêcher notre pays d'en supporter toutes les affreuses conséquences ; ce mal est maintenant en voie de guérison, mais la blessure est encore saignante ; que tous les honnêtes gens y prennent garde et y veillent toujours, car un moment, un seul moment d'imprudence pourrait peut-être encore tout perdre.

Vous vous rappelez sans doute aussi le jour du convoi des quatorze victimes de cette criminelle et affreuse catastrophe, le char funèbre de la jeune fille précédant celui d'un maréchal de France, vous vous rappelez aussi le nombre infini de députations des gardes nationaux des 86 départements qui s'y sont rendues et de quel esprit elles étaient animées. Depuis, on a jugé prudent de ne plus passer de revues ; je trouve qu'on a fait là une faute grave, car la Garde nationale, par sa composition même, a besoin d'être entraînée par en haut si l'on veut éviter qu'elle ne le soit par les partis. Mais tirons, mon Colonel, le rideau sur le souvenir de ces tristes journées, et avant d'en envisager d'autres de plus récentes, permettez-moi de continuer la réfutation de la brochure Homolle. A la page 6, voici comment, après avoir traité avec beaucoup trop de partialité la Garde nationale en général, le jugement qu'il porte sur ses officiers en particulier....

« La plupart de ces officiers, vaniteux personnages tout bouffis d'orgueil de sentir un sabre doré se balancer entre leurs jambes, n'ont de valeur que celle que leur donne le clinquant de leurs épaulettes ; hommes sans jugement, ils redoutent l'appréciation de leur nullité et, pour se donner une certaine importance, ils sont toujours disposés à laisser croire aux détenteurs de l'autorité qu'ils ne les soutiendront pas dans l'application de telle ou telle mesure. »

Vous le voyez, Colonel, le portrait n'est pas flatté ; je conviens que quelques-uns pourraient peut-être, en y regardant un peu de près, s'en attribuer quelques passages... Mais la plupart !... ho ! la plupart, au contraire, tout en laissant passer la brochure, trouveraient sans doute fort malséant qu'on osât leur dire cela en face et, sans se croire de vaniteux personnages, ils pourraient bien, pour toute réponse, employer des moyens militaires qui feraient cesser tout de suite cette singulière manière de leur rendre justice... Mais je crois l'auteur trop ennemi du bruit pour être tenté d'en faire l'expérience et trop ami des convenances pour employer d'autres moyens que ceux que la liberté de la presse lui procure.

Tenez, Monsieur Homolle, vous êtes légitimiste ; je ne vous en fais
pas un crime, au contraire... Vous êtes même carliste, car on désigne
sous ce nom les ultras de votre parti, et malheureusement les
ultras dans tous les partis sont toujours ceux qui les perdent... Les
légitimistes, eux, jouent un grand rôle dans la politique générale ;
ils travaillent, dit-on, à une fusion désirable ; ils savent bien que
la plus difficile est celle des partis ; ils savent bien aussi que celle
des diverses classes de la société est nécessaire pour établir enfin
un gouvernement durable, et ils agissent dans ce sens avec beaucoup de sagesse et surtout avec du talent. Tandis que votre brochure n'est depuis un bout jusqu'à l'autre qu'une méchante rancune contre la classe bourgeoise que vous attaquez sous l'uniforme
de la Garde nationale... En effet, vous dites, page 11 : « En 1827,
au Champ de Mars, théâtre de ses tristes exploits, sous prétexte
de donner une leçon au pouvoir par une manifestation, elle leva
l'étendard de la révolte et, trois ans après, elle formait l'avant-
garde des colonnes insurrectionnelles qui précipitèrent du trône
le chevaleresque Charles X », sans examiner ici si la révolution de
1830 n'avait pas quelque peu un point de droit et diffère essen-
tiellement en cela avec celle de 1848 où, au lieu que ce fut le roi
qui fit le coup d'État, ce fût une opposition sans force pour recons-
truire, et sans se douter, par un aveuglement impardonnable, que
les choses iraient peut-être aussi loin, qui fut cause de la révolution d'alors. Il est certain que si, en 1827, les cris de : « A bas
Villèle ! » ont été assez nombreux pour qu'on puisse penser que
c'était la majorité de la Garde nationale qui les faisait entendre,
on a bien fait de la licencier ; tous cris désapprobateurs sous les
armes sont inconstitutionnels d'abord et, ensuite, contraires à la
discipline militaire, et toute manifestation en uniforme est factieuse, car il n'y a que les factieux qui les organisent, et les fous
et les niais politiques qui les suivent. Mais nous dire que la Garde
nationale avait fait la révolution de 1830 et servait d'avant-garde
aux héros de ce temps-là, c'est nous faire croire, en vérité, que
M. de la Palisse n'est pas mort, puisqu'elle était licenciée depuis
trois ans. J'ai vu faire cette révolution dans les rues de Paris sans
y prendre part et, loin que l'avant-garde des émeutiers soit des
pelotons de garde nationaux commandés par leurs officiers, c'était
tout simplement, comme je l'ai toujours vu à toutes les émeutes
ou révolutions quelconques, un composé de beaucoup de gamins

entraînés, de vauriens débraillés, de fous enragés, de soulards enguenillés, entremêlés, parfois, de furies échevelées, criant, hurlant : « Vive la Charte ! » à laquelle ils ne comprenaient rien, et cassant les réverbères et les carreaux afin d'y voir plus clair (1).

Il était donc inutile de dire, page 12 : « Et voyez le discernement, l'esprit d'à-propos et la gratitude de la Garde nationale. C'est en ce moment où la France entière, ivre de joie et d'orgueil, frémissait sous les chants du *Te Deum*, éclatait en longs cris d'allégresse et de louanges pour le roi qui avait si bien compris, porté si haut et glorieusement dirigé l'esprit national, c'est le moment où le pays, fier à juste titre de son roi, lui donnait de si vils témoignages de sympathie et de confiance, c'est ce moment que la Garde nationale choisissait pour ruiner et détruire une monarchie qui venait doter la France de la conquête d'Alger et de la suprématie sur la Méditerranée. » Sans doute, le roi Charles X était un roi honnête homme, un roi chevaleresque, un cœur bon et généreux, qui, à la fin de son règne, a eu la gloire de prendre Alger, et de répondre comme un roi de France devait le faire à la manière peu diplomatique dont le dey de ce pays avait eu l'inconvenance de recevoir notre ambassadeur ; mais, à cette époque aussi, des électeurs très privilégiés, puisque le cens était à trois cents francs, avaient envoyé une Chambre dont la majorité s'est trouvée en opposition avec la politique royale représentée par son ministère. Le roi use de son droit en renvoyant les députés à leurs mandataires, qui usent aussi du leur en les renvoyant au monarque, alors le roi Charles X, sous l'influence sans doute de mauvais conseillers, et croyant, j'en suis certain, travailler par ce moyen au bonheur de son peuple, lance ses ordonnances qui

---

(1) La plupart des historiens de 1830 parlent différemment, par exemple Vaulabelle : « Ce n'étaient plus seulement des journalistes, des écrivains, frappés dans leurs intérêts ou dans leurs leurs droits, et des électeurs atteints doublement par la privation du vote direct et par la suppression des patentes comme élément du cens électoral qui, dans les premières heures du mardi, se préparaient à résister ; mais la classe moyenne tout entière et, à son exemple, à sa suite, les classes laborieuses. » L. I, p. 168, éd. de 1874. Garnier ; p. 171, l'auteur indique la colonne des premiers agitateurs de la rue comme composée d'ouvriers imprimeurs. Voir également : Bérard, *Souvenirs historiques sur la révolution de 1830* ; Rozet, *Chronique de juillet 1830*, etc., et les *Mémoires d'Outre-Tombe* (t. V., p. 208, 209), où Chateaubriand prétend qu'un Anglais, M. Fox, décida de la révolution.

étaient un coup d'État, ce qui n'est autre chose qu'une atteinte à la loi partie d'en haut et dont les conséquences sont presque toujours une révolution avec tout son cortège de malheur et de misère. C'est, je crois, Colonel, ce qui est arrivé alors, et les ordonnances, quoi qu'en dise M. Homolle, ont été à coup sûr plutôt la cause de la révolution de 1830 que la Garde nationale d'alors qui n'existait plus.

Je renonce à suivre plus loin cette singulière brochure ; à travers quelques vérités banales sur les faiblesses de la Garde nationale, qui après tout n'est pas et ne peut pas être comme un régiment, — elle n'est pas encasernée comme lui, elle a une tout autre existence et bien d'autres choses à s'occuper dans le courant de l'année que d'un service permanent, — on ne trouve sous la plume de l'auteur qu'une suite de citations inexactes et de mensonges partout. Puis, à son avis, la Garde nationale n'a jamais connu d'autre sentiment que celui de la peur ; il le répète à satiété. Elle a eu peur en 1830, c'est pour cela qu'elle s'est empressée d'introniser le roi Louis-Philippe ; cela prouve au contraire, à mon avis, qu'elle n'était pas au moins alors aussi révolutionnaire qu'on veut bien le dire. Elle a eu peur dans toutes les émeutes qui ont eu lieu sous son règne. Elle a eu peur en février 1848 ; il trouve même que c'est encore la peur qui la fait marcher aux mois d'avril et mai suivants et combattre aux terribles journées de Juin... Quand on parle tant de la peur des autres, c'est, Colonel, que l'on en est atteint soi-même d'une manière chronique et incurable. Ou il faut que M. Homolle sorte du fond d'une province et n'ait jamais vu les choses dont il parle, ou il faut qu'à ces diverses journées il se soit blotti au fond de sa cave, et qu'il ne les ait jugées alors qu'à travers le trouble de ses sens et de son étroit esprit de parti. Après cela, il y a peut-être aussi de la rancune personnelle. J'ai connu, étant sergent-major, une ou deux personnes de son opinion qui s'obstinaient à ne pas monter leur garde parce qu'on pouvait se trouver dans la position d'être obligé de présenter les armes à ce qu'ils appelaient le roi usurpateur. L'auteur précité était peut-être dans cette position excentrique, ce qui aura peut-être pu l'amener à quelques conseils de discipline, où il aura vu de ces vaniteux personnages tout bouffis d'orgueil de sentir un sabre doré se balancer entre leurs jambes, et ces officiers se sont sans doute trouvés sans jugement, justement parce qu'ils en auront sans doute prononcé plus d'un contre lui, ce qui aura procuré l'avantage très peu chevaleresque à l'auteur de ce pamphlet d'aller goûter les douceurs de l'hôtel des Haricots.

La meilleure réponse, mon Colonel, à toutes ces balivernes, ce sera les pages qui vont suivre : elles ont été écrites avant la discussion de la loi sur la Garde nationale (celle de la dernière Chambre, bien entendu); elles ne se trouvent être nullement sous l'influence ni des journaux dont j'ai parlé, ni des pasquinades de M. Homolle que je viens d'analyser. J'ai dit plus haut qu'on avait eu le tort grave de cesser les revues de la Garde nationale ; depuis lors, et petit à petit, son esprit de suite s'est insensiblement relâché, les hommes d'ordre ont en partie déserté les élections des officiers, principalement dans les compagnies du centre, c'est ce dont je ne saurais trop les blâmer; on doit toujours être à son poste, et celui de l'élection est encore bien plus important que celui de la patrouille. Beaucoup donc de ces élections se sont trouvées la proie des cabales et quelquefois de la plus mauvaise espèce. Dans mon ancienne compagnie, il a été une époque où, un petit club tenant séance dans la salle d'un marchand de vin et composé d'une quinzaine de buveurs émérites du quartier présidés par un ancien sergent-major que vous connaissez, mon Colonel, aussi bien que moi, il s'est trouvé de ces bonnes gens qui sont assez sottement orgueilleux pour aller ramasser des épaulettes, même sur un tas de fumier, y sont venus, peu respectueux d'eux-mêmes, en solliciter et en obtenir dans cette réunion extra-bachique; vous savez aussi ce qui s'en est suivi, une anarchie complète dans le cadre, et, par conséquent, dans toute la compagnie, et souvent aussi des gardes infiniment trop épicuriennes.

Quelques années avant, j'avais été réformé du service en ne demandant qu'un congé de six mois. Mais une question d'amour-propre, fort légitime du reste, avait décidé M. Mercier, mon médecin comme celui du bataillon, à présenter mon indisposition d'alors sous un jour qui nécessitait cette mesure. J'aurais pu profiter de ce hasard pour me dispenser à jamais d'un service qui n'est pas sans coûter du temps et de l'argent. Cependant je suis rentré volontairement dans cette compagnie, afin d'y faire tous mes efforts pour parvenir à y rétablir le bon ordre, changer les élections et faire disparaître cette inconvenance de ne pas aller au château. Vous savez, Colonel, comment j'y ai réussi, et quel changement complet s'est opéré, un an après, dans les dernières élections générales qui se sont faites avant 1848 ; vous savez aussi comment je suis parvenu à empêcher la manifestation de cris inconstitutionnels que voulait faire le parti vaincu dans l'élection, lors de la dernière ouverture des Chambres, et cela sans sortir des tours réguliers du service. En vous rappelant, Colonel, ces circonstances, je ne prétends pas m'en faire un mérite tout particulier, mais simplement prouver, par un exemple des plus positifs, que si l'on veut avoir une Garde nationale qui remplisse bien sa mission, il faut aux compagnies de bons cadres ; et, pour être certain de les obtenir, il faut que les bons citoyens s'en donnent la peine ; ils sont en grande majorité, il ne dépend donc que d'eux seuls d'obtenir ce bon résultat... Une erreur qui, on le comprend, s'est répandue vivement en province à la suite de la révolution dernière, et qui depuis a été reproduite par les journaux et la brochure dont je viens de parler, c'est que la Garde nationale de Paris était l'unique auteur de cette révolution... A cette accusation erronée je répondrai carrément : ... Non!... Et ce monosyllabe que je donne pour réponse, je m'en vais le prouver. Pour cela, il me faudra faire un peu de revue rétrospective et reprendre les choses comme elles étaient à la fin de 1847.

En 1847, nous avions une royauté entourée d'une nombreuse et belle famille dont chaque membre avait fait ses preuves envers le pays ; il y avait aussi un ministère qui seul était le gouvernement, puisque seul il était responsable, et qu'il avait été choisi dans la majorité. Ce gouvernement était composé d'hommes d'État les plus célèbres et les plus capables, et qui, pour la première fois depuis 1830, avait pu durer huit ans dans toutes conditions légales, c'est-à-dire avec une très grande majorité dans les deux Chambres ; il est possible qu'aux yeux de plus d'un ambitieux ce fut justement cette longue durée qui fut son plus grand crime. Mais il n'en était pas moins pour cela le gouvernement constitutionnel et parlementaire dans toute sa vérité.

Le Roi, n'importe sa politique personnelle, n'avait jamais et n'aurait jamais gouverné en dehors des majorités, c'est-à-dire en dehors du droit légal du pays. Eh bien, ce Roi, pour qui on a été beaucoup trop injuste, voici ce qu'en disait dernièrement dans la *Revue des deux Mondes* un de ses anciens ministres, et membre de la dernière opposition constitutionnelle, dans un article des plus remarquables du gouvernement parlementaire en France :

« Le Roi avait infiniment d'esprit, une mémoire prodigieuse, une grande connaissance des hommes, une intelligence prompte et vigoureuse, l'habitude et la passion du travail; il joignait à cela le plus aimable naturel, une bonté vraie, qui souvent s'élevait sans effort jusqu'à la magnanimité. Avant de signer une sentence de mort, il se livrait aux recherches les plus minutieuses pour trouver quelque endroit par où il pût exercer avec apparence de raison le droit de grâce. Dans son conseil, il plaidait la cause de ses assassins; son courage personnel était au-dessus de toutes les épreuves. Je ne parle pas de l'époux et du père : l'inimitié la plus envenimée l'a toujours respecté. Mais je veux révéler en lui une vertu qui n'est pas assez connue : je veux dire sa parfaite sincérité. Le Roi ne déguisait pas sa pensée, loin de là, il l'exprimait en public comme en particulier, dans un langage bien fait et dépouillé d'artifice. Naturellement éloquent et causeur incomparable, il aimait les luttes de la conversation et cherchait à y faire prévaloir ses opinions, avec une grâce, une verve, une opiniâtreté qui ne se lassait jamais; ses convictions étaient ardentes et indomptables, que ce soit sa gloire et son excuse. C'est par là qu'il a fait tant de bien à la France et c'est par là aussi qu'il a succombé, car les hommes de sa trempe trouvent leurs périls dans leurs qualités (1). Eh bien, le Roi, cependant, est tombé ou plutôt s'est retiré sans combattre en pleine majorité, en pleine légalité, ayant le droit pour lui, ayant la force publique en main, et qui lui était dévouée. Était-ce la crainte de ne pas réussir. Mais on vient de nous dire que son courage personnel était au-dessus de toutes les épreuves... Non, c'était, comme il l'a dit à un de ses visiteurs :

« Me défendre avec quoi? avec l'armée, oh! je sais qu'elle eût fait son devoir et que malgré les incertitudes de quelques chefs dont j'ai oublié les noms, mes excellents soldats eussent marché comme un seul homme. Mais l'armée seule était prête et ce n'était pas assez pour moi. La Garde nationale, cette force sur laquelle j'étais si heureux de m'appuyer, la Garde nationale de Paris, de ma ville natale, de celle qui a été la marraine de mon petit-fils (je l'ai voulu), de cette ville qui, la première entre toutes, m'avait dit en 1830 : « Prenez la couronne et sauvez-nous de la République ! »

(1) Mettre en parallèle les pages de Proudhon sur le roi, dans : *Les Confessions d'un Révolutionnaire*, déjà citées.

la Garde nationale de Paris pour laquelle j'ai toujours eu tant de
bénévolence, ou s'abstenait, ou se prononçait contre moi. Et je me
serais défendu? Non, je ne le pouvais pas! Et quand pas une de
ces mains que j'avais si souvent pressées dans les miennes ne se
levait en ma faveur!... Je n'avais qu'un parti à prendre, imiter
l'exemple de mes ministres qui avaient abdiqué, de la Garde
nationale qui avait abdiqué, de la conscience publique qui avait
abdiqué. J'ai suivi cet exemple, mais je ne l'ai suivi qu'à la dernière extrémité, et mon abdication n'est venue qu'après l'abdication universelle (1)..... »

Certes, Colonel, si quelqu'un a eu le droit de se plaindre de la
Garde nationale de Paris, c'est assurément le roi Louis-Philippe,
et vous voyez cependant qu'il le fait en termes très modérés. Non,
la Garde nationale d'alors n'était plus celle du maréchal Lobau...
Mais le général qui nous commandait alors était loin de valoir le
maréchal; malade et souffrant, le général Jacqueminot avait plutôt
besoin d'une retraite que du commandement d'une force comme
la nôtre dans un moment difficile. Vous vous rappelez sans doute,
Colonel, que le seul ordre du jour que nous ayons eu à la Légion,
c'est celui que nous y avons trouvé le jeudi matin et qu'on était
en train de copier pour en envoyer un exemplaire à chaque capitaine de compagnie; il traitait d'un changement de ministère,
quand déjà il y avait un changement de gouvernement qui allait
se proclamer quelques heures après... Quoi! quelques mots dits à
la tribune de la Chambre des Pairs, puis un ordre du jour quand
le mal est fait, voilà tout l'entraînement qu'on reçoit de l'État-
Major général! Étonnez-vous ensuite que les officiers, résultat des
élections déplorables dont j'ai déjà parlé plus haut, et les camarades qui les avaient nommés, allassent faire des manifestations
au banquet du XIIe arrondissement; étonnez-vous que des gens
plus tranquilles, trop tranquilles, peut-être, restassent chez eux
puisqu'on ne les commandait pas et que quelques-uns laissassent
prendre leurs armes, quand une poignée de vauriens envahissait
leur domicile, la menace à la bouche; ce que l'on doit plutôt
s'étonner, c'est qu'il se soit trouvé encore assez d'hommes de cœur
et de résolution pour prendre les armes d'eux-mêmes pour maintenir l'ordre dans la ville et sauver les gardes municipaux qu'on y
avait abandonnés.

---

(1) Article de Cousin.

En citant les paroles de M. Cousin sur la personne du Roi et sur ses qualités, je n'ai pu être de son avis, que c'est à ces mêmes qualités qu'il doit sa chute, je trouve au contraire qu'elles sont indispensables à un prince qui, comme lui, placé au pied d'un trône, ayant déjà l'expérience d'une révolution, se trouvant dans la nécessité d'en arrêter une autre qui venait de se faire ou de laisser son pays en subir toutes les conséquences, c'est en ramassant une couronne tombée dans une tourmente révolutionnaire, c'est en continuant la monarchie franchement constitutionnelle, en combattant la révolution et les Révolutionnaires, qu'il a évité à notre pays en 1830 les mêmes malheurs qui ont fondu sur nous dix-huit ans après. Ce règne vivra dans l'histoire sous un double rapport de gloire et de grandeur, — de gloire, par la prise d'Anvers, de Saint-Jean-d'Ulloa, des guerres d'Afrique, des cendres de l'Empereur, du musée de Versailles, — de grandeur, par le déploiement extraordinaire des arts, des sciences, de l'industrie et du commerce.

Le Roi est tombé, parce qu'étant et ayant toujours été dans le droit constitutionnel, il devait penser que les ministres qui doivent toujours couvrir la royauté sauraient aussi la défendre, que l'opposition, qui se disait dynastique, n'irait pas jusqu'aux coups d'État, comme c'était son devoir. Mais, malheureusement, le duc d'Orléans n'était plus là avec sa grande et véritable popularité qui lui servait à diriger l'opposition sans qu'elle s'en aperçût (1); elle s'est trouvée, après sa mort si regrettable, comme ces enfants terribles qui se figurent que leurs coups de tête sont de bien belles choses, parce qu'ils n'ont plus là de tuteur pour les empêcher de se perdre dans les chemins de traverse. Cette opposition voulait arriver trop vite, et devenait injuste et violente, presque factieuse par impatience de ne pas devenir assez vite une majorité. Elle avait son drapeau planté avec plus ou moins de franchise : *La Réforme*, cette question toute parlementaire et qui devait arriver, étant soutenue légalement, au plus tard à la législation suivante, sans que, pour cela, le pays et les contribuables en fussent plus malades. Mais, Messieurs les aveugles ont cru pouvoir sans danger employer les moyens révolutionnaires de Messieurs

---

(1) Voir nos *Dix lettres inédites de Persigny, La Révolution de 1848*, nov.-déc. 1908, page 778.

les ennemis. Ils ont exploité la Garde nationale. Ils ont exploité les électeurs, ils ont encore bien mieux exploité ceux qui ne l'étaient pas; ils ont ouvert les banquets politiques par celui du Château-Rouge qui, bientôt, a été suivi de beaucoup d'autres, où déjà la République s'y proclamait. Dès ce jour, mon Colonel, le principe d'ordre était rompu et la Révolution commençait.

Heureusement que dans ce beau pays de France, la bravoure du cœur, les bons sentiments de l'âme sont éternels, et, s'ils y sommeillent quelquefois, ils s'y réveillent quand les circonstances l'exigent avec une promptitude incroyable; et si le principe d'ordre, cette vitalité des États, semble y mourir dans certains moments, comme le phénix, il y renaît de ses cendres. En effet, cette Garde nationale, si exploitée d'abord, si calomniée après, qu'avait-on fait pour l'éclairer sur l'état vrai du pays? On la laissait depuis longtemps sans revue, sans convocation, sans ordre et sans entraînement, si ce n'est le souffle contagieux des divers partis en effervescence et des cris de « Vive la Réforme! » avec lesquels on révolutionnait le pays, et de ceux de « Vive la Garde nationale! » avec lesquels on exploitait son amour-propre, sentiment quelquefois trop vif dans le caractère français, et auquel on se laisse facilement entraîner. Ces cris étaient les mots d'ordre partis des comités politiques et des sociétés plus ou moins secrètes. Ces gens-là, quand il s'agit de détruire, ont une entente parfaite qui fait honneur à la discipline révolutionnaire, et que, malheureusement, nous n'avons pas toujours quand il faut prévenir le mal; on lui résistera quand on a eu l'imprudence de le laisser se produire... Mais si, comme on me l'a dit bien des fois, cette surprise de février est un peu la faute et, partant, la honte de la classe bourgeoise, c'est encore bien plus la faute et la honte aussi des ministres d'alors, qui, plus que tout autre, devaient savoir le peu de force que présente une opposition qui se dit constitutionnelle et qui emploie pour arriver à son but des moyens anarchiques; elle est toujours débordée par ceux plus avancés, dont elle a recherché le concours, et c'est sur elle que vous avez compté pour arrêter le torrent quand elle avait rompu la digue qui le retenait... Illusion malheureuse qui a couvert le pays de ruines et de deuil, dont il est loin encore d'être sorti! J'étais de ceux qui ont partagé vos principes politiques, qui ont applaudi à vos talents pour les soutenir à la tribune, mais qui vous ont sifflé pour votre impré-

voyance d'abord, et votre pusillanimité à les défendre quand vous
les aviez laissé compromettre..... Quoi, quand des banquets politiques ont parcouru toute la France, en devenant, comme vous
deviez vous y attendre, de plus en plus révolutionnaires, vous ne
trouvez pour éclairer le pays inquiet que deux mots, justes il est
vrai, mais qui avaient le désagrément d'envenimer tout et de
n'expliquer rien ! Si, à la suite du discours d'ouverture qui ne
pouvait en dire davantage, vous eussiez pris en considération la
circulaire très respectueuse du Conseil municipal, les pétitions
des électeurs, celle de la Garde nationale, quelques élections faites
dans le sens de la réforme la plus modérée du cens électoral
d'alors, dans des quartiers les plus dévoués au gouvernement, de
l'autre côté, les devoirs que vous imposait le mouvement révolutionnaire des banquets qui s'étendaient dans toute la France et
dont la réforme n'était qu'un prétexte et un moyen, et la Garde
nationale un manteau, vous eussiez, dans un discours comme vous
saviez si bien les faire, chargé la Chambre d'examiner la question,
d'en faire son rapport, en manifestant l'intention d'accorder tout
ce que la légalité permettrait de faire, puis, après avoir éclairé le
pays sur sa position véritable, et après lui avoir montré l'abîme
où il était près de tomber, après lui avoir dépeint le but des anar-
chistes, celui du socialisme, dont les principes fermentaient
depuis plusieurs années dans les ateliers, vous eussiez, dans une
péroraison chaleureuse, appelé au patriotisme de tous les bons
citoyens, en annonçant avec énergie que vous défendriez l'ordre
et les lois par tous les moyens que la force publique mettrait en
votre pouvoir. Puis, vous eussiez défendu le banquet du XIIe arrondissement qui n'était autre chose qu'une déclaration de guerre et
ensuite passé la revue de l'armée et de la Garde nationale; soyez
certain qu'alors elle eût crié « Vive le Roi ! » et que ce monarque,
qui, certainement, méritait d'être mieux défendu, serait mort sur
le trône, au lieu de mourir dans l'exil.

Mais vous n'avez pris aucune mesure convenable quand la
majorité du pays était loin d'être révolutionnaire; cela a été bien
prouvé par la manière dont on s'est défendu, sous la République
même, contre les républicains qui l'avaient établie par votre faute.
Vous aviez à votre disposition une armée modèle de toutes celles
de l'Europe, une armée commandée par un illustre maréchal qui
avait toute sa confiance et son estime, ainsi que celle du pays. Ce

maréchal était entouré de lieutenants qui avaient fait leurs preuves et qui, dans les guerres civiles qui ont suivi, se sont montrés toujours à la hauteur de leur réputation ; mais, par une fatalité inouïe, vous avez perdu la tête, et vous n'avez pas osé agir, parce que vous n'aviez rien su prévoir... Oh! Messieurs les hommes d'État, permettez à un homme de rien, qui, lui, aux nuages qui s'amoncelaient petit à petit sur l'horizon politique, avait pu prévoir quel serait l'orage dont vous ne sembliez pas même vous douter, qui, lui, a résisté et n'a pas voulu se laisser désarmer, qui a été assez heureux d'en profiter pour coopérer à sauver d'un massacre inévitable les gardes municipaux que vous aviez abandonnés dans Paris en révolte, — de vous dire, sans prétention aucune, que pour être un homme d'État tout à fait illustre, il ne suffit pas d'avoir la connaissance parfaite et l'habitude de toutes les politiques, d'avoir le talent d'un Démosthène pour soutenir et défendre avec une brillante éloquence celle que l'on pratique, il faut encore, quand les circonstances l'exigent, avoir le cœur, le courage et la fermeté nécessaires pour la défendre dans la rue. Ou je me trompe fort, ou je pense que si Casimir-Perier avait pu être encore là, il s'y serait certainement pris d'une autre manière.

Non, mon Colonel, et je le répète encore une fois, la Garde nationale n'a pas fait la révolution de Février..... Mais elle l'a au moins laissée passer me dira-t-on? Je répondrai, que vouliez-vous qu'elle fît, puisque le gouvernement ne faisait rien! Puisque les ministres ne défendaient que leurs portefeuilles, puisque, jusqu'au dernier moment, notre Commandant supérieur ne considérait sa place que comme une retraite agréable. Puisque M. Odilon-Barrot, un des auteurs des banquets, et parce qu'il était le chef de la gauche, se figurait qu'en se montrant dans les rues, comme nouveau ministre, les barricades allaient s'ouvrir devant lui, comme il s'était figuré autrefois empêcher les journées de Juin 1832 en signant aussi le compte rendu..... Mais ce qu'a fait la Garde nationale — et ce sera son éternel honneur — c'est d'avoir empêché que cette révolution de hasard, inattendue et intempestive, ne devînt l'œuvre permanente des révolutionnaires de profession : elle s'interposa partout pour sauver de la fureur populaire ces braves gardes municipaux, abandonnés dans Paris en révolte, continuellement sur pied, car, après les révolutions, il n'y a plus ordinairement que les baïonnettes pour maintenir l'ordre ; elle

empêcha tous ces tapageurs victorieux sans combat de faire tout
le mal qu'ils auraient pu faire; elle aida et soutint ces hommes
honorables des diverses oppositions du règne précédent, restés
stupéfaits du résultat de leurs imprudences, à réparer le mal
qu'ils n'auraient pas voulu faire (1); elle empêcha un premier
bouleversement le 16 avril; elle sauva la Chambre le 15 mai; elle
aurait donc pu la défendre également en février si l'on avait mieux
su s'y prendre; elle se prépara, avec l'armée qu'elle traita dans
des banquets réparateurs de ceux de 1847, à soutenir une lutte
immense, la plus colossale guerre civile dont parlent les annales
du monde. Un brave général républicain de la veille, qui n'avait
pas fait la révolution, mais républicain véritable, sincère et régulier comme la discipline militaire, comme il faudrait que tout le
monde le fût pour qu'elle fût possible et durable en France, prit
la responsabilité de cette lutte effroyable, aidé de ses camarades
d'Afrique, bien secondé par cette brave armée qui brûla de prendre
sa revanche contre des révolutionnaires qui ne l'avaient pas vain-
cue en février, puisqu'on n'avait pas voulu qu'elle combattît, par
la Garde nationale de Paris, par les enfants de la même ville, ces
jeunes mobiles, dressés en si peu de temps à la guerre des rues, à
l'esprit de la discipline militaire, par deux généraux qui ont exécuté
là un vrai tour de force d'instruction militaire, et qui, en les con-
duisant au feu, tombèrent eux-mêmes victimes, comme tant
d'autres, hélas! de cette guerre acharnée entre le principe de
désorganisation sociale et celui d'ordre et de conservation qui
resta enfin victorieux après quatre jours de luttes sanglantes.

C'est cette triste victoire, arrosée de tant de sang français, qui a
le plus fait, mon Colonel, pour relever notre drapeau de l'ordre
tombé dans la boue depuis février, en prouvant à l'Europe étonnée
qu'un grand peuple, quand il le veut bien, peut empêcher toutes
révoltes, telles formidables qu'elles soient, en prouvant à tous les
partis révolutionnaires que c'était en vain qu'ils croyaient depuis
1830, qu'avec un peu d'audace et une année de désordre, embriga-
dés dans les sociétés secrètes, on pouvait, quand on jugeait le
moment venu et à l'aide de cette science de barricades qui s'était
singulièrement développée depuis 1830, enlever, détruire, changer
la forme d'un gouvernement quand le mot d'ordre en était donné

---

(1) (Commencement du 2ᵉ cahier.)

par leurs chefs. Honneur donc au général Cavaignac d'avoir pu
cueillir, dans ces temps de désolation, cette belle palme de gloire,
d'avoir rendu à son pays reconnaissant cet éminent service; son
héroïque conduite lui assure dans le présent l'estime de tous les
bons citoyens, dans l'avenir un souvenir immortel, dans l'histoire
un nom glorieux qui ne s'y effacera jamais.

Maintenant, mon Colonel, que j'ai défendu la Garde nationale
contre les folliculaires qui sont venus lui jeter la pierre, après
l'avoir trompée et exploitée jadis, disons franchement à cette institution ses vérités; à coup sûr elles seront impartiales et dites
avec franchise et sans amertume, n'en ayant jamais eu personnel-
lement à m'en plaindre; ce sera la plume d'un ami qui va les lui
retracer, et qui s'honore d'être encore un de ses membres, après
l'avoir été depuis plus de vingt ans, qui remercie ses camarades
d'être venus le chercher plus d'une fois dans sa position d'en bas
pour commander des citoyens dont la plupart sont dans une position sociale infiniment supérieure à la mienne.

Pour examiner, mon Colonel, quelles ont pu être les fautes de la
Garde nationale, le mal qu'elles ont dû produire et qui pourrait se
renouveler encore si l'on y retombait, je vais commencer d'abord
par la dépouiller de son uniforme et l'examiner primitivement
sous la position de classe bourgeoise, l'institution militaire n'étant
qu'un moyen, très puissant quand il est bien compris et observé,
pour lui donner la force et la discipline nécessaires, afin de bien
défendre et soutenir la vérité, les principes et l'exécution régulière
du gouvernement parlementaire, de manière à ce qu'aucun pouvoir gouvernant, ni opposition turbulente et illégale, ne puissent
annuler, détruire, ou même modifier la loi fondamentale et les
principes qui constituent l'organisation même de ce genre de gouvernement.

Un vétéran des discussions parlementaires dont le cœur n'a pas
vieilli, dont la force morale est restée malgré son grand âge dans
toute la virilité de la jeunesse, avec l'expérience de plus, — avantage immense dans l'appréciation des faits politiques qui peuvent
agiter un pays dans l'espace d'un demi-siècle, surtout quand dans
cette latitude cinq révolutions diverses se sont accomplies, —
M. de Kératry (car c'est lui dont je parle) disait dans une brochure
qu'il vient de publier : « En 1789, le besoin de réformes était
généralement senti, on voulait le respect des personnes et des

propriétés, la liberté civile et religieuse, l'inviolabilité du toit domestique, sanctuaire de la famille, une égale admission aux emplois publics, suivant les mérites respectifs, et la contribution aux charges de l'État dans la proportion des fortunes. Il est évident que, dès 1848, ces conquêtes, prix de si longs travaux, étaient assurées au pays. Dans aucune contrée de l'Europe, et même du monde civilisé, nul individu ne jouissait plus largement qu'en France du libre exercice de ses facultés naturelles et acquises ; si quelques distinctions se faisaient remarquer dans la vie civile, elles étaient généralement le résultat de fortunes patrimoniales, de spéculations heureuses, de services rendus au pays, de talents qui les honoraient et de capitaux gagnés par un travail intelligent. Certaines formes hiérarchiques existaient encore, ce n'était point un mal ; l'histoire nationale y trouvait des souvenirs de gloire, personne n'en souffrait, plusieurs en profitaient. La vanité des titres, du moins, était si légère, elle était si tolérante et partisait si bien avec les amours-propres de fraîche date, qu'on lui pardonnait quand on ne la vouait pas au ridicule. En fait, il n'y avait plus ni noblesse, ni roture ; la première avait bien compris qu'elle ne pouvait plus prendre date dans le seul armorial de sa province : l'autre, que toutes les carrières lui étant ouvertes, il ne lui restait plus qu'à mériter. Le vrai but était donc atteint, on l'a follement dépassé ; la grande affaire est d'y revenir, pour cela il faut du courage et des efforts continus. »

Oui, comme le dit M. Kératry : « Le but était atteint et il a été follement dépassé... » Mais ce but, pour qui avait été faite la révolution de 1789, qui avait été mis en pratique sous la Restauration par le roi Louis XVIII, l'auteur de la charte constitutionnelle, et dont après 1830 on s'en trouvait en pleine jouissance, sans qu'il ait jamais été détourné de la vérité, sans crainte qu'il ne le fût jamais sous la monarchie du roi Louis-Philippe, pourquoi alors l'a-t-on laissé dépasser ce but, et laissé dépasser d'une manière si grande et si imprévue, qu'il faut pour y revenir une constance d'efforts surhumains et peut-être encore de nouveaux malheurs, qu'on pouvait bien éviter en les ayant mieux prévus ? Est-ce que la France était folle en 1848 ? Assurément non. Mais c'est que depuis plusieurs années on faisait fausse route ; on allait par soubresauts d'orgueil et de vanité, on déraillait à chaque instant dans le chemin épineux des vérités constitutionnelles du gouvernement représentatif ; cette immense faute, qui l'a commise, si ce n'est la classe bourgeoise, à qui, cependant, la révolution de 1830 avait donné une monarchie qui était sa représentation vivante ; elle se trouvait alors plus près du trône que la noblesse dont cette révolution fut contre elle, en quelque sorte, une nouvelle victoire du tiers état (1). Il est vrai aussi qu'une partie de l'ancienne noblesse en a peut-être été la cause première pour s'être défiée un peu trop du régime parlementaire, qui ne convenait pas bien, à ce qu'il paraît, à son tempérament politique, et avoir préféré une autre forme de gouvernement devenue impossible.

Ce que la bourgeoisie aurait dû cependant bien comprendre après la révolution de Juillet, afin d'éviter toutes rechutes et par conséquent de nouvelles surprises, c'était de se rendre bien compte des principes fondamentaux de ce gouvernement même, principes immuables, positifs, auxquels il fallait toujours rester fidèle et toujours convaincu.... que la royauté dans le gouvernement parlementaire n'est pas et ne peut pas être une royauté ni tyrannique, ni despotique, ni absolue, mais, au contraire, le seul point d'ordre permanent, le pivot de la société, la clef de voûte de l'édifice sans laquelle tout doit s'écrouler, que ce genre de monarchie est toujours un bien et ne peut jamais être un mal, puisque, comme pouvoir exécutif, elle est obligée de se mettre en rapport avec celui parlementaire qui seul gouverne, discute et vote les lois et les impôts, par un ministère pris constamment dans la majorité. Ce ministère seul est responsable et doit couvrir la royauté qui ne l'est pas, qui ne pouvait pas l'être, puisque étant le principe permanent d'ordre et de stabilité, il fallait bien qu'on la mît en dehors des variations et des discussions parlementaires. On n'avait pas à craindre non plus que la royauté pût empiéter sur la politique de son ministère et y substituer la sienne propre ; le ministère étant responsable, il peut et doit en pareille circonstance donner sa démission, comme il doit la donner encore quand il n'a plus la majorité ou même quand il la trouve trop faible pour pouvoir le soutenir ; si, alors, les Chambres envoient au roi un ministère qui lui soit peu sympathique, il peut consulter le pays, en renvoyant les députés à leurs mandataires, mais si, constam-

---

(1) Ce point de vue très intéressant n'a pas été indiqué encore, à notre connaissance, tout au moins.

ment, les électeurs lui renvoient la même majorité, la royauté est alors obligée de céder, et aller plus loin, c'est faire un coup d'État, c'est la révolte du pouvoir exécutif contre la loi et le pacte fondamental. Alors, mais seulement alors, comme tous les bons citoyens doivent défendre l'ordre et les lois contre n'importe qui les attaque, d'abord par leurs votes comme électeurs et par les armes ensuite, s'il le faut, comme gardes nationaux, dans ces circonstances la résistance devenant un devoir quand tout a été tenté inutilement pour éviter ce moyen *in extremis*. Voilà pourtant, mon Colonel, à quoi se borne tout le mécanisme si simple, si vrai, si libéral du gouvernement parlementaire et d'une royauté constitutionnelle. Plus on y réfléchit, plus on reste étonné qu'on se le soit laissé enlever quand on était en pleine jouissance, et par qui ?... Par des ennemis qu'on connaissait pourtant bien et qui savaient parfaitement bien, eux, que la royauté était le principe de stabilité qui les gênait le plus, car ils ont tiré dessus moralement et physiquement, — moralement en employant par la calomnie tous les moyens pour la tuer dans l'opinion publique, — physiquement, par des attentats plusieurs fois renouvelés. Le premier moyen, le plus lâche de tous, — car la calomnie est l'arme des lâches, — c'est malheureusement celui qui a le mieux réussi.

Il est fâcheux que la bourgeoisie, puisqu'elle se trouvait alors maîtresse de la position politique, n'ait pas suffisamment compris qu'elle devait tenir à honneur de prouver aux légitimistes que, sans titres, et moins habituée qu'eux au maniement des affaires d'État, elle avait cependant monté assez haut dans les positions sociales, elle avait pu acquérir assez d'habitude des questions gouvernementales pour soutenir la dynastie nouvelle, qu'elle avait, en un mot, assez d'illustrations dans son sein pour lui servir de guides, et qu'elle était en état de tenir haut, ferme et longtemps le drapeau de l'ordre dans la liberté, comme celui des conditions véritables et régulières du gouvernement représentatif..... Elle aurait dû tenir à honneur, puisqu'elle était la maîtresse alors, de dire à la démocratie que les institutions de 1789, dont on se trouvait en complet exercice, surtout sous la monarchie nouvelle qu'elle était décidée à défendre envers et contre tout, étaient la démocratie suffisante qu'on n'élargirait que plus tard, petit à petit, degré par degré, sans secousses, et seulement quand le pays l'aurait manifesté par les moyens légaux que les lois mettaient à sa disposition, afin que ces variations ne pussent troubler ni arrêter en rien le jeu régulier des institutions, qu'on avait juré de maintenir, que vouloir aller trop vite, et le vouloir par des moyens révolutionnaires, c'était manquer à la nation, c'était vouloir recommencer des révolutions dont on ne voulait plus, et qu'il ne fallait plus revoir paraître, parce que ce serait tomber d'une démocratie raisonnable et régulière à celle exagérée, qui engendre toujours la démagogie, cette lèpre de la société, et qu'il ne pouvait plus y avoir de révolution à craindre tant que le Roi se souviendrait de ces belles paroles du général Foy : « *Celui qui veut plus que la Charte, moins que la Charte, autrement que la Charte, celui-là manque à ses serments….* » Puis, au lieu de laisser l'orgueil ou la faiblesse l'emporter sur le raisonnement ou l'énergie, comme cela est arrivé plus tard, il aurait fallu s'inspirer de ce mot du premier grenadier de France, La Tour d'Auvergne, et dire comme lui : « *Ce que je dis, je le fais…* » Et le faire toujours ; alors la bourgeoisie aurait évité une révolution désastreuse dont le dernier principe est une guerre sociale et le dernier mot un communisme grossier et barbare : la bourgeoisie aurait évité les ruines que cette révolution a amenées à sa suite, les guerres civiles dont elle a été la cause. La bourgeoisie aurait évité aussi d'être un peu la risée de l'Europe, en général, et de la noblesse en particulier, à qui, après tout, il était bien permis de prendre cette petite revanche. La bourgeoisie aurait évité surtout, ce qui est beaucoup plus sérieux, en sacrifiant un peu moins à la démocratie exigeante, d'entendre la démagogie lui dire : « … MAINTENANT LE MOMENT N'EST PAS ÉLOIGNÉ OÙ LES BOURGEOIS SE VERRONT FORCÉS D'ABDIQUER LE POUVOIR EN FAVEUR ET DANS LES MAINS DU PROLÉTARIAT. » Ou bien cette autre gentillesse toujours à la même adresse ; « LE TEMPS N'EST PAS ÉLOIGNÉ OÙ L'ON POURRA AGIR, ET CELUI QUE VOUS LAISSE LA MAGNANIMITÉ POPULAIRE, VOUS L'EMPLOYEZ A RÉALISER VOS RESSOURCES, VOUS VOUS PRÉPAREZ A LA FUITE ; COMBIEN N'EN EST-IL PAS ENTRE VOUS QUI ENTASSENT DANS LEURS CEINTURES L'OR ET LES BILLETS DE BANQUE, QUI CHERCHENT DES PLACEMENTS A L'ÉTRANGER, QUI S'Y MÉNAGENT UN ASILE, NOUS NE L'IGNORONS PAS, ALORS QUE VOUS PRÊCHEZ LA GUERRE SAINTE, POUR PARLER VOTRE LANGAGE, ALORS QUE VOUS CONSEILLEZ A TOUS DE PRENDRE LES ARMES, VOUS VOUS OCCUPEZ DE SOINS PLUS LACHES ET PLUS ÉGOÏSTES,… »

Il était donc réservé à la bourgeoisie, pour punition de son orgueil, de son égoïsme, de sa lâcheté, de son manque d'esprit et

de raison, de son peu d'aptitude des questions gouvernementales,
de s'entendre injurier grossièrement par en bas, et également par
en haut, seulement avec cette différence de langage et cette poli-
tesse qui sont le fait de l'éducation et des habitudes de la classe
aristocratique qui met de la noblesse jusque dans ses manières de
critiquer les choses et les personnes. Il était donc réservé à la Garde
nationale, pour punition de son manque de discipline, souvent de
sa lâcheté, quelquefois de son peu d'aptitude à comprendre le but
de son institution, la devise de son drapeau, la force morale autant
que militaire qu'elle devait donner au gouvernement qui avait tant
fait pour elle, et qui avait, certes, le droit d'y compter, de se voir
licencier après avoir attendu longtemps une loi de réorganisation
qui, faite en avril dernier, ne lui sera jamais appliquée, qui vient
d'être remplacée par une autre décrétée par un pouvoir tout diffé-
rent qui lui nommera ses propres officiers ; elle sera alors tenue
d'obéir à ses chefs, depuis le plus simple caporal jusqu'à son chef
de bataillon, d'une manière toute militaire, comme au régiment
même... Il était donc réservé enfin à la bourgeoisie comme à la
Garde nationale, puisque les deux ne font qu'un, après avoir bien
mérité de la patrie en 1848, comme l'a décrété l'Assemblée constituante après les affaires de Juin pour sa conduite vraiment brave
et dévouée contre les désordres affreux de l'anarchie, à cette époque beaucoup plus à craindre assurément alors qu'en 1852, d'être
obligée, pour se sauver des frayeurs exagérées de cette époque, de
se donner volontairement par son vote un gouvernement très
absolu à la place d'un gouvernement très libéral qu'elle n'a jamais
su comprendre ni soutenir.

C'est principalement, mon Colonel, à la classe la plus élevée de
la bourgeoisie que ces lignes s'adressent, par la raison toute simple
que la tête dirige le corps. Je peux, certes, le dire à vous-même
avec d'autant plus de confiance que vous êtes du nombre de ceux
qui ont fait tout le contraire et qui, pour cela même, ont droit à la
reconnaissance des classes au-dessous de la vôtre ; cette reconnaissance, mon Colonel, ne vous manquera pas et je ne suis ici, pour
vous le dire, que l'interprète de tous ceux qui vous connaissent.

Peut-être plus d'une personne qui lira mes réflexions, ainsi
que j'intitule cet écrit, me trouvera sévère envers la bourgeoisie,
surtout celle d'en haut ; je répondrai que je ne suis que juste, car
c'est par cela même qu'elle était la tête de la colonne, qu'elle

devait consacrer toutes ses facultés, tous ses moyens, tout son temps, toute son âme à bien diriger les autres, au lieu de s'endormir dans les délices de Capoue, et de se distraire avec des chefs de partis de l'opposition systématique et sans but, et cela parce qu'on était blasé sur la politique de raison et de vérité. Quand une bataille se perd ou se gagne, qui en a le blâme ou la gloire, si ce n'est le général qui l'a commandée? Oui, je n'ai été que juste, et j'ai droit de l'être, par cela même qu'étant de la dernière classe de cette bourgeoisie, j'ai été du nombre de ceux qui ont eu à souffrir plus que d'autres des résultats des conséquences politiques qui nous ont fait servir de manteau à des partis qui n'étaient pas le nôtre et de passeport à des révolutionnaires de la plus mauvaise espèce. D'ailleurs, je ne m'en plains pas, je raconte d'une manière abrégée une partie de l'histoire de vingt ans, comme je l'ai vue, comme je l'ai suivie, pas à pas, d'après les impressions profondes que toutes ces circonstances ont produites dans mon cœur et dans mon intelligence, et cela depuis 1830 jusqu'à ce jour. Je n'ai donc pas été surpris par l'orage, puisque je le voyais se former sur nos têtes (1). Le bruit de son tonnerre ne m'a pas effrayé, au contraire; l'ayant vu tomber sur mon pays, sans m'abuser sur ses causes, comme sur ses résultats, je ne m'en suis pas trouvé abattu comme bien d'autres, et je remercie le ciel d'avoir permis que toutes ces secousses, au lieu de m'anéantir, m'eussent mis à même, en doublant par l'adversité l'énergie de mon caractère, de me livrer corps et âme, sans regarder en arrière, ni au danger, ni aux frais, à coopérer avec tous les gens d'ordre et de cœur, et, dans ma très petite individualité, à réparer le mal que nous n'avions pas fait.

Ceci dit, reprenons, mon Colonel, nos épaulettes, endossons notre uniforme et partons du pied gauche et au pas accéléré; parlons de la Garde nationale elle même.

En 1830, après une révolution qui intronisait en quelque sorte la bourgeoisie dans la personne de Louis-Philippe, et après un licenciement qui avait duré près de trois ans, la Garde nationale s'est réorganisée avec un entrain et une promptitude qui ne se retrouvera peut-être plus; temps perdu, démarches multipliées, dépenses excessives, tout a été prodigué pour assister à la fameuse

---

(1) Cette perspicacité de la bourgeoisie moyenne est intéressante en face de l'aveuglement de la bourgeoisie plus riche, de la presque totalité des députés, des ministres et du roi.

revue du mois d'août. Jamais, mon Colonel, je n'ai vu d'enthousiasme pareil : lignes de Gardes nationaux, lignes de divers régiments de l'armée, lignes des deux beaux régiments de carabiniers
qu'on voyait à Paris pour la première fois, joignez à cela une
population immense accourue de tous les côtés, il y en avait partout, sur les toits, à toutes les fenêtres, sur des balcons, sur des
gradins, sur les arbres des avenues, et partout aussi, sur le passage du nouveau souverain, des cris de joie, des acclamations
mille fois répétées par la troupe, par les gardes nationaux, par la
population tout entière. C'était une scène admirable et grandiose
de véritable et sincère popularité ; tout cela partait franchement
du cœur..... Pourquoi, hélas! en France, le cœur n'a-t il pas plus
de mémoire?..... Quand je compare cette revue de la Garde
nationale avec celle passée par le Président de la République
après son élection, moi aussi je me demande : mais où est donc
l'enthousiasme? — La Garde nationale était donc alors fière de son
Roi, et de sa nombreuse et belle famille : aussi, dans les premières
années de ce règne, elle a soutenu et défendu bravement la
dynastie nouvelle; son amour-propre était satisfait de s'en trouver en quelque sorte les gardes du corps. La crainte de la République, plutôt par rapport aux républicains qu'à l'institution
même (1), et surtout par rapport aux souvenirs sanglants de la
première, la joie que naturellement on devait éprouver lorsque,
après une royauté tombée, une autre se trouvait installée de suite,
de manière à ce que ce principe d'ordre et de stabilité ne se trouvât
point interrompu, tout contribua alors à cet enthousiasme fort
naturel et fort juste qui dura plusieurs années ; mais ce sentiment,
né de circonstances exceptionnelles, ne pouvait pas durer toujours au même diapason. C'est alors qu'on aurait dû se rendre
compte du but véritable de son institution, du rôle important
qu'elle était appelée à remplir et qu'elle devait remplir effectivement dans les différents rouages de notre machine gouvernemen-
tale et le mettre ensuite constamment en pratique, non plus avec
cette ardeur du moment, mais avec cette raison pratique qui en
fait notre discipline militaire, car la Garde nationale n'est pas
une force prétorienne poussant au pouvoir, et suivant son caprice,
tel ou tel parti plus ou moins parlementaire, elle est le soutien

---

(1) 1871, 1875-76....

permanent de l'ordre et des lois, et, comme la royauté était la représentation vivante de l'ordre et des lois, de l'ordre par sa stabilité héréditaire, des lois comme pouvoir exécutif chargé de les faire exécuter, c'était donc la royauté qu'il fallait défendre, sans s'embarrasser des guerres de portefeuilles des divers hommes d'État auxquelles nous n'avions rien à voir, tant que cette royauté aurait respecté et fait exécuter les lois et la constitution du pays. Si ces principes avaient été bien compris, la Garde nationale n'aurait pas laissé passer sans crier « Qui vive ? » cette phrase révolutionnaire d'un de nos plus grands orateurs (1) « la Révolution du mépris » qui a fait plus de mal à la royauté que le plomb de ses assassins (2).

La Garde nationale était fière de son Roi au mois de juin 1832, lorsque, après l'avoir passée en revue le matin du 6, il a traversé tout Paris en révolte par les boulevards, la Bastille, la rue Saint-Antoine et les quais, entouré de sa famille et de son état-major, puis, arrivé à la place du Châtelet, voyant des révoltés qui se trouvaient encore armés derrière des barricades, s'y avance seul sans vouloir que personne le suive ; et les insurgés qui, dans cette première guerre civile, n'étaient pas encore devenus des assassins, et s'y étaient au contraire bravement et loyalement battus, émerveillés de son sang-froid et de sa confiance, laissent tomber leurs armes et s'écrient : « Bravo le Roi!... » Pourquoi donc plus tard cette indifférence ? J'y répondrai comme ci-dessus : pourquoi en France, hélas ! le cœur n'a-t il pas plus de mémoire ?...

La Garde nationale était encore fière de son Roi, quand elle le vit mettre à exécution, et à ses frais, cette sublime pensée toute nationale du Musée de Versailles. Quelles belles fêtes furent données alors, et quel grand jour que celui de son inauguration! C'était le 12 juin 1837. A peine la France entière venait-elle d'adopter la nouvelle duchesse d'Orléans, que le roi Louis-Philippe 1er ouvrit de sa main royale les portes du vieux palais du roi Louis XIV. Eh bien, ce Roi qu'on appelait le Napoléon de la paix, ce qui n'est point son moindre titre à la reconnaissance de la civilisation moderne, offrait à son pays, dont il ne se regardait que

---

(1) Le lecteur sait qu'elle est de Lamartine.

(2) On sait aussi que le roi Louis-Philippe appelait l'histoire des Girondins, de Lamartine, « une mauvaise action. »

comme le premier citoyen, cette riche collection de ses plus grands
hommes, comme des plus grands faits de notre histoire; là se
déroulent sous les yeux de chacun, à travers d'immenses et riches
galeries, et reproduites par les plus grands artistes, les belles pages
historiques dont puisse à bon droit s'enorgueillir un grand peuple.
Et c'est au milieu de la population française de tous les rangs, au
milieu de la milice citoyenne, au milieu de notre armée, au milieu
d'un concours immense de Français et d'étrangers émerveillés, que
toutes ces grandeurs se déployaient... Pourquoi donc d'aussi grandes et merveilleuses choses ne se gravent-elles pas dans les cœurs
comme sur des médailles, de manière à ne s'en effacer jamais?...
Est-ce que la Garde nationale n'était pas fière de son Roi et de la
princesse Hélène qui venait en France épouser le duc d'Orléans?
Paris se souviendra longtemps au moins des fêtes de cette époque
et de l'argent qui s'y est dépensé. Quel est celui d'entre nous, qui
sait ce que sont les joies de famille, qui ne puisse se souvenir sans
attendrissement de l'arrivée de la princesse à Fontainebleau?
C'était beau à voir, le Roi resté seul au haut de l'escalier avec la
Reine, et à grand'peine il contenait son émotion, cet homme si
ému, si agité qui voudrait suivre ses amis et qu'un reste d'étiquette
retient. La princesse, le duc d'Orléans sont arrivés; aussitôt s'ouvre la portière de la voiture, et soudain, en descend une jeune et
belle femme. Elle prend à peine le temps de saluer à droite et à
gauche, elle s'élance en entraînant le duc de Nemours qui lui donne
la main, et, avec la légèreté de ses vingt ans, elle monte jusqu'au
Roi qui lui tend la main; elle la saisit avec empressement, elle veut
la porter à ses lèvres, mais le Roi lui ouvre ses bras, elle s'y pré-
cipite. En même temps toute cette belle famille entoure cette nouvelle sœur qui lui vient de si loin, et si disposée à se laisser être
heureuse. On l'entoure, on l'embrasse et on lui présente tous ses
frères et toutes ses sœurs..... Et la Reine donc! Elle était à demi
cachée dans l'embrasure d'une fenêtre; on lui a enfin abandonné
sa nouvelle fille et alors, oubliant qu'on les regardait, ces deux
femmes se sont embrassées l'une et l'autre avec une effusion toute
maternelle et toute filiale... Et ces deux femmes que sont-elles
devenues?... Si ce jour-là elles ont versé ensemble des larmes d'attendrissement et de joie, aujourd'hui elles sont ensemble dans
l'exil, elles ont toutes les deux vu s'ouvrir des tombes qui se sont
refermées sur les êtres qui leur étaient les plus chers, elles y ont

sans doute versé des larmes qui, cette fois-ci, devaient être bien douloureuses et bien amères, et après quatre ans bientôt d'exil, un décret inattendu, malheureux, incompréhensible, vient servir de triste complément à tant d'infortunes, en privant de leurs biens une noble famille qui en avait fait à tant d'autres dont beaucoup pourtant n'ont été que des ingrats... Oh! néant des grandeurs d'ici-bas...

Un jour, jour affreux, pendant que le Roi, entouré des siens, entouré de son état-major, passait sur les boulevards la revue de la Garde nationale, des brigands (je ne peux leur donner un autre nom), pleins de rage de ne pouvoir abattre une royauté qu'on défendait toujours, convoitent et mettent à exécution le guet-apens le plus infâme, dont toute la méchanceté de l'enfer seule était capable; ils sèment la mort partout, sans pouvoir atteindre ni le Roi, ni sa famille... Oh! ils ont dû s'écrier après : « Damnation! l'enfer nous a trahis, le Roi n'est pas mort, le Roi n'est même pas atteint... » Singulier hasard, diront les sceptiques?... Volonté de la Providence, répondrai-je, car je suis de ceux qui croient en Dieu et en sa Providence. La Garde nationale était indignée, il y avait de quoi... Elle défile sur la place Vendôme, au cri mille fois répété de Vive le Roi! — qui la reçoit le lendemain aux Tuileries; officiers, sous-officiers et soldats passent lentement devant cette famille triste, silencieuse, attendrie. Le Roi, recueilli, mais ferme, était en avant de sa famille; il semblait dire : « Ne craignez rien. Est-ce que je n'ai point autour de moi mes enfants? C'est une cuirasse qui garantira toujours le trône. » On sortait triste de la tristesse royale, mais décidé à soutenir toujours ce rempart de la société... Puis le temps s'écoule, l'impression se dissipe, et plus tard...

Mais la Providence, lassée sans doute de voir durer si peu les impressions morales les plus fortes qu'un peuple puisse éprouver et qui, cependant, étaient de nature à l'éclairer sur ses devoirs comme sur son avenir, frappe la royauté dans sa plus forte branche; un prince, aimé de tous, qui avait échappé aux balles des assassins comme à celles des Arabes, tombe un jour pour ne plus se relever à deux pas du toit paternel, parce qu'un cheval fougueux, ou mal dirigé, avait pris pour un moment le mors aux dents. Toute la France ressent cette perte. On fait au prince des funérailles dignes de la hauteur de sa position. La Garde nationale y assiste, des crêpes aux bras, des crêpes aux drapeaux, du deuil partout et du deuil profond dans le cœur; on comprend qu'il ne reste plus qu'à se serrer plus que jamais autour du trône qui vient de s'ébranler par un aussi grand malheur.... Le temps s'écoule, l'impression s'affaiblit et plus tard.....

Une autre impression, toute différente, Dieu merci, mais capable d'exciter le plus noble enthousiasme, allait se produire par une cérémonie qui était le complément de la pensée royale qui avait créé le musée de Versailles. Le Roi avait obtenu de l'Angleterre que les cendres du plus grand homme des temps modernes seraient rendues à son pays. Un jeune prince reçut du Roi, son père, la mission d'aller les chercher à Sainte-Hélène et de les ramener en France. Fier d'une si noble tâche, il part sur la frégate la *Belle-Poule*. Lors de son retour, on craint un moment une rupture avec une puissance amie. Le jeune commandant de la *Belle-Poule* jure de couler bas avec son précieux dépôt plutôt que de le rendre. Il arrive enfin sans accident et entre à Paris à la tête de ses braves marins. Un char funèbre, dont la magnificence était digne de la grandeur des illustres reliques qu'il transportait au milieu des débris de nos gloires militaires, traverse une partie de la capitale en passant sous l'arc de triomphe de l'Étoile, où se trouvent gravés les noms des batailles de l'Empire et les noms des héros qui y ont pris part. Un cortège approprié à la grandeur du sujet se déroule dans une ligne immense, dont la tête est aux Invalides quand la fin est encore à la barrière de l'Étoile. Jamais aucune circonstance, jamais aucune cérémonie, jamais aucune apothéose n'avait été plus que celle-là capable de soulever les plus beaux et les grands sentiments d'orgueil au cœur d'un grand peuple. Jamais aucune cérémonie plus que celle-là ne devait honorer et grandir le monarque qui l'avait pu faire, comme jamais rien ne devait moins que ce grand jour soulever les passions populaires ou les entraînements politiques. Le ministère Guizot commençait; il ne pouvait, certes, débuter par un acte plus grandiose, ce sont de ces choses qu'on ne peut faire qu'une fois. Toutes questions politiques, toutes prépondérances de partis devaient se taire devant cette grande ombre.

Eh bien, mon Colonel, je le dis à la honte de la Garde nationale (j'ai promis de lui dire toute la vérité), au lieu que son cœur se soit mis à la hauteur de ce grand spectacle, des cris misérables de : A bas Guizot, vive ceci, vive cela, comme on lui en soufflait par derrière, a été sa seule manière de remercier son Roi d'une grande réparation qui sera son éternel honneur et le plus beau fleuron de sa couronne ; ces cris inconstitutionnels étaient ce jour-là un blasphème ; ce jour-là, mon Colonel, la Garde nationale avait mérité son licenciement, et je suis convaincu que si on l'avait fait ce jour-là et réorganisée trois mois après, ainsi que le prescrivait la loi, on l'aurait purgée à temps des éléments révolutionnaires, qui troublaient alors et devaient dissoudre plus tard le bon esprit qui l'avait jusqu'alors toujours animée.

Toutes ces circonstances saisissantes, mais qui n'ont pu cependant impressionner suffisamment la population parisienne, de manière à ce que les souvenirs la rappellent constamment à son devoir, ont été un des motifs de toutes les faiblesses et de toutes les incertitudes de la Garde nationale. Malheureusement, dans ce pays-ci, on a toujours apprécié des événements certes très instructifs, avec ce caractère et cet esprit français qui est souvent plus spirituel que logique, plus léger que profond, plus frondeur que raisonnable, parlant beaucoup, quelquefois avec bonheur, mais approfondissant rarement les choses les plus sérieuses, passant facilement de l'enthousiasme le plus étourdissant à l'indifférence la plus glaciale et, souvent, sans aucun motif réel, que l'inconstance et la légèreté naturelle des uns, ou l'amour-propre et l'orgueil exagérés des autres, le cœur, malheureusement, chez les hommes même supérieurs, n'étant pas toujours à la hauteur du cerveau.

En effet, dans les premières années qui ont suivi 1830, on a été, comme je viens de le dire, fier de son Roi ; on avait raison, car il s'était en quelque sorte indentifié avec la bourgeoisie par sa manière de vivre et de diriger son intérieur, par son caractère, par sa famille, par l'éducation de ses enfants faite en commun sur les mêmes bancs que ceux où se trouvaient les enfants de la bourgeoisie elle-même ; c'était, comme on disait alors : Le premier bourgeois de France, dépensant plutôt sa fortune en travaux d'utilité qu'en luxe de représentation, ce qui l'avait fait surnommer le Roi des Maçons.

On devait, comme je l'ai dit plus haut, prouver à la noblesse, dont le drapeau venait de s'abaisser par la chute du roi qui l'a représentée spécialement, qu'on pouvait gouverner aussi bien, et même mieux qu'elle, parce que l'ancienne noblesse était forcément un parti, tandis que la bourgeoisie n'en était pas un ; c'est au contraire la portion la plus considérable du pays se renouvelant sans cesse, dont les fortunes acquises, comme celles en train de se faire, sont le résultat de professions libérales, artistiques ou industrielles ; cette classe a donc besoin et doit comprendre nécessairement ce que c'est que la liberté véritable, celle qui ouvre toutes les carrières au vrai mérite, ce que c'est que l'ordre qui est la jouissance régulière et nécessaire des droits et garanties accordés réciproquement entre un gouvernement et les gouvernés. Si la bourgeoisie a fini par devenir un parti, c'est qu'elle s'est laissé exploiter par les partis véritables, tandis que sa mission était de les surveiller et de les contenir (1). Ç'a été aussi sa faute et sa très grande faute, mais non pas la nature même de sa position dans le pays.

J'ai dit que la bourgeoisie n'était pas de sa nature et n'aurait jamais dû être de son parti. Je l'ai prouvé, j'ai dit aussi que la noblesse en était un ; la preuve, c'est qu'après la révolution elle a pris son nom de guerre, elle s'est appelée le parti légitimiste, comme il y avait le parti républicain. Quel était donc son principe général de gouvernement ? La royauté constitutionnelle et le gouvernement parlementaire, de par la charte de Louis XVIII en commençant, de par la lettre du comte de Chambord tout récemment encore. Quel était donc le gouvernement de la bourgeoisie ? La royauté constitutionnelle et le gouvernement parlementaire. Pourquoi les légitimistes ont-ils fait une guerre acharnée à la royauté dernière ? Ce n'était donc pas ce genre de gouvernement qu'ils combattaient ? Assurément non, mais c'était le roi qui le représentait. Et pourquoi ? Parce que ce roi représentait toutes les classes et que la noblesse voulait d'un roi qui ne représentât que la sienne, afin que noblesse et son roi fussent les seuls qui gouvernassent la France... Ç'a été aussi leur faute et leur très grande faute, car c'est par cette faute qu'il nous ont amené la révolution de 1830, puis ensuite celle de 1848 qui en a été la suite malheureuse, laquelle n'est venue que par les mauvais vouloirs du parti d'en haut comme du parti d'en bas, qui ont cherché à renverser le roi qui leur déplaisait en poussant le pays à l'excès des principes libéraux dont il était le loyal représentant... Voilà, mon Colonel,

---

(1) N'est-ce pas, nettement et brièvement défini, le programme même de Sieyès ?

les torts réciproques qui nous ont conduits où nous sommes, et, dans les événements qui se préparent, il pourrait bien arriver que noblesse et bourgeoisie périssent ensemble, si, enfin, ces deux classes, également nécessaires au maintien de la vraie société, ne se donnent pas franchement la main pour former ensemble une seule et forte digue contre les flots révolutionnaires qui montent, montent et montent toujours, et finiraient, si l'on n'y prenait garde, par engloutir nous et notre grande et antique civilisation. Pardon, mon Colonel, si je suis revenu encore à la question bourgeoise, mais, quand on parle de la Garde nationale, on se trouve souvent forcé d'y revenir, car bourgeoisie et Garde nationale c'est tout un, il n'y a que l'habit qui diffère, et si la bourgeoisie n'a pas toujours compris la position politique de 1830, qui était la sienne et qu'elle a perdue, on ne doit donc pas s'étonner que cette classe de la société n'ait pas compris non plus le but et les devoirs de l'institution qui nous occupe et à laquelle je vais revenir pour ne plus la quitter et terminer ce petit ouvrage déjà infiniment trop long.

Quand la Garde nationale fut rétablie en 1830, la classe supérieure a cherché à en occuper les principaux grades. Elle a bien fait, elle avait le temps, les moyens, et la position élevée qu'elle avait alors dans la société et auprès du gouvernement la mettant à même de suivre des relations avec le monde officiel; ses officiers supérieurs se trouvaient plus que tous autres en position de bien diriger l'esprit public des classes au-dessous et si multipliées de la bourgeoisie qui, par leur extrémité, vont se fondre dans la classe ouvrière, qu'on est convenu d'appeler celle du peuple.

Non seulement la Garde nationale peut être pour le maintien de l'ordre et des lois une force puissante et nécessaire, autant par sa force morale que par celle de ses baïonnettes, qu'on disait intelligentes, mais c'est encore le moyen le plus efficace de se réunir et de se rassembler dans les diverses classes de la société, et par cela même se communiquer, se raisonner et s'entendre ensemble pour le bien public en général, qui est assurément celui d'un chacun en particulier; c'est encore dans les grandes villes surtout, où l'on se connaît si peu, un excellent moyen pour se rendre compte des positions, des caractères et des opinions de chaque individu, et le capitaine en premier et le sergent-major de chaque compagnie sont à même d'en savoir là-dessus autant qu'ils le veulent. C'est encore un excellent moyen pour le bien des malheureux, dont on est à même de connaître plus vite la position plus ou moins critique ; c'est encore par ce moyen que l'on peut faire, et que que l'on a fait souvent, des quêtes fructueuses pour le soulagement des malheurs personnels ou généraux. Et à tous ces avantages on joint celui de le faire de par la loi, militairement, avec une certaine discipline, que certainement on ne trouve pas toujours dans les réunions politiques les plus autorisées ; c'était dans ces premières années qu'il aurait été prudent et adroit de profiter de l'enthousiasme général pour disposer les esprits à comprendre la grandeur, la portée, la nécessité des principes constitutionnels dont j'ai parlé plus haut et, par conséquent, la nécessité aussi de les défendre quand ils sont attaqués.

Mais comptez donc dans ce siècle frondeur, sceptique, matérialiste, sur la raison, et les bons et grands sentiments de l'âme et du cœur d'un chacun ! Que trouve-t-on souvent, hélas! .... L'intérêt personnel, l'égoïsme, ou l'orgueil, non pas le noble orgueil des grandes choses et des nobles actions, mais cet orgueil insolent d'une fortune acquise par hasard, par ces chances que l'activité prodigieuse des industries pouvait procurer plus facilement alors qu'aujourd'hui, et qu'on ne pourra plus voir se reproduire peut-être, car dans cette immense course à la fortune qui s'est faite dans les dix premières années, surtout, du règne précédent, on a usé toutes les ressources de chaque état, on en a détendu tous les ressorts, et les crises commerciales ont précédé et préparé celles politiques.

En effet, à mesure que les positions montaient graduellement, beaucoup d'honorables citoyens ont voulu aussi essayer du commandement ; cela était si attrayant alors ; les dangers étaient passés ; on pouvait jouir de l'éclat des épaulettes, des avantages de considération et de réception qu'elles procuraient, sans se rendre bien compte, avant de les porter, des devoirs qu'elles imposent, comme des conditions physiques et morales qui sont indispensables à tout homme qui tient à y faire honneur. Il s'est donc trouvé alors beaucoup trop de concurrents pour que tous puissent parvenir, et surtout pour que tous fussent convenables. Alors plus d'un s'est dit : comment donc faire pour l'emporter?..... De l'intrigue, beaucoup de promesses, sans savoir si on pourrait les remplir et s'il était sage et prudent même de se les permettre... Ou bien, si on

avait plus de moyens que ses compétiteurs, on faisait dire qu'on
arroserait à sa première garde ses épaulettes d'une manière prin-
cière … Il s'ensuivait que dans le cours de son mandat on se
trouvait souvent forcé à des dépenses culinaires, tout à fait en
dehors des frais indispensables du service … Tristes moyens, qui
forçaient à d'inutiles dépenses ainsi qu'à beaucoup trop de cama-
raderie. Mauvais moyens assurément, pour faire de l'ordre et de la
discipline, que de s'adresser à l'estomac des fricoteurs (passez-moi
cette expression); ces excellents camarades connaissent et préfé-
rent infiniment mieux la carte d'un bon restaurant que le but unique
que l'on doit rechercher dans la Garde nationale. Il est encore un
côté du mauvais esprit qu'a trop souvent montré plus d'un des
membres de la bourgeoisie, et des plus haut placés, et qui ont
par là puissamment contribué à fausser celui de la Garde nationale, je veux parler de ces hommes d'argent, de ces hauts barons
de la finance à qui le cœur semble être resté dans le fond de leurs
coffres-forts, puis de certains industriels, qui, enrichis subitement
par un concours de chances heureuses parce qu'ils se sont trouvés
les rois de leur branche commerciale, en ont tout à coup ressenti
un tel orgueil, qu'ils se sont figurés être plus que le Roi de
France, et, blasés d'en avoir été longtemps le soutien, ont voulu
en être les mentors, puis ont fini, d'exagérations en exagérations,
par en devenir les tyrans. Ce sont eux qui ont formé des comités
démocratiques (1), qui ont ouvert leurs salons aux grands orateurs
de l'opposition systématique et profondément révolutionnaires,
qui, dans les temps d'élections, venaient devant un auditoire composé des électeurs de la moyenne et petite bourgeoisie, prêcher,
propager cette révolution du mépris dont j'ai parlé plus haut, où
il n'y a eu pourtant de méprisable que les moyens employés pour
l'obtenir, ce qui devait plus tard et nous a effectivement menés
aux moyens peu constitutionnels des banquets politiques, le dernier acte d'une mauvaise comédie qui a duré plus de quinze ans,
et à laquelle a succédé une position sociale plus dramatique que
réjouissante.

Que vouliez-vous, mon Colonel, que ces braves gens pensassent

---

(1) On se rappelle ici le récit de Louis Blanc sur certains directeurs de grandes
industries venant l'interviewer sur la question sociale et lui demander même
s'il ne voyait pas pour eux un moyen de se créer des débouchés. — On se rappelle le rôle des banquiers, d'autre part — Laffitte, surtout, — en 1830.

de la théorie du droit constitutionnel, en voyant leurs chefs de file faire tout à coup une conversion à gauche, quand l'ordre général était de marcher tout droit devant soi, et au pas ordinaire? Les uns, naturellement, les ont suivis; d'autres, et c'est le plus grand nombre, se sont retirés incertains, dégoûtés, ne voulant plus s'occuper de rien, montant leur garde parce que la loi les y forçait, et n'allant plus voter parce que rien ne les y contraignait. Enfin, une autre partie a eu le bon sens d'y voir clair, et ne se sont pas laissé duper si facilement et ont eu plus tard le courage de soutenir la vérité; ils ont su distinguer à travers une polémique très vive et très adroitement dirigée, afin de n'en pas laisser passer, comme on dit, le bout de l'oreille, la couleur véritable du drapeau, malgré le soin qu'on avait eu cependant de le mettre dans sa poche avant que de s'adresser à son auditoire.

Ce sont encore les mêmes inconséquences politiques qui ont fini par faire admettre, dans les réunions préparatoires pour les élections des officiers, les questions politiques les plus graves, les plus avancées, comme les plus excentriques, admissibles tout au plus pour celles des députés. Là, au lieu de demander à un candidat qui se présente aux suffrages de ses concitoyens pour les commander militairement, s'il a bien compris l'importance de l'honneur qu'il ambitionne, s'il s'est bien rendu compte du but véritable de l'institution dont il désire être l'un des chefs, s'il est bien résolu, avant de porter une épée, de ne s'en servir que pour défendre l'ordre et les lois, et, par conséquent, le drapeau même de la Garde nationale, quelles sont les lois fondamentales qui constituent la Charte ou la Constitution, qui doivent être la règle, aussi bien du peuple comme du roi sous une monarchie, ou d'un président sous une république, s'il jure d'être l'homme de la loi toujours, d'un parti jamais, s'il a servi et s'il connaît bien l'école du peloton comme celle du bataillon, ou s'il n'a pas ces connaissances et cette instruction indispensable à un officier qui doit surtout commander des hommes dont les trois quarts n'en connaissent rien, et des sous-officiers qui souvent, trop souvent même, n'en savent pas davantage, s'il est dans l'intention de les acquérir vivement et complétement, si des partis révolutionnaires levaient l'étendard de la révolte, s'il était décidé, au péril de sa vie, à marcher contre, et à les combattre, et comme il ambitionnait l'honneur d'être un des premiers d'une compagnie, d'un bataillon ou d'une légion, s'il promettait d'être le premier revêtu de son uniforme au poste du danger, comme à celui de l'honneur. Ce sont là les questions que je comprends, mon Colonel, que l'on adresse à un candidat au grade d'officier quelconque. Mais au lieu de cela, que lui demandait-on, presque toujours, dans ces sortes de réunions? Votez-vous pour ceci, pour cela?... Êtes-vous ministériel, pritchardiste ou guizotin? Et mille autres balivernes politiques, ronflantes (sic) et canardières à l'usage de toutes les feuilles ou orateurs plus ou moins révolutionnaires. — Voilà, pourtant, la polémique de fou, qu'on a traînée dans plus d'une réunion d'autrefois, et dans ces dernières et sous l'influence d'une révolution des plus inattendues comme des plus démocratiques, où la démagogie hurlait ses infâmes principes et brandissait son sanglant drapeau; on y a vu encore poser souvent ce principe blasphémateur, surtout sous une république, où le pouvoir souverain est le pouvoir législatif seul : « Marcherez-vous contre l'Assemblée?... » Horrible pensée, question des plus anarchiques, digne des héros qui devaient, trois mois plus tard, ensanglanter pendant quatre jours, dans une guerre des plus fratricides, les rues de notre malheureuse capitale. Notre compagnie, mon Colonel, est une de celles qui ont eu le bon sens de ne pas laisser passer de semblables théories; elle en a été récompensée, en se formant un cadre homogène et d'accord, en restant par ce moyen parfaitement régulière elle-même, ce qui lui a procuré l'honneur d'être toujours la première et la plus nombreuse aux jours de danger, malgré qu'elle soit une des circonscriptions les plus faibles.

Il est un fait, mon Colonel, que je ne peux ni ne veux passer sous silence dans cette revue des faiblesses de la Garde nationale, car c'en est un des plus marquants et des plus sérieux; après cette manie de porter des épaulettes simplement pour l'amour-propre de l'effet qu'elles produisent sans s'être rendu bien compte, sans avoir su apprécier dans le fond de son cœur, et dans l'énergie d'un grand caractère, les devoirs sacrés qu'elles imposent à celui qui obtient cet honneur, c'est assurément cette autre manie d'y joindre encore la décoration de la Légion d'honneur, et cela sans s'être plus rendu compte, sans avoir su apprécier davantage le but de cette noble institution du plus grand Capitaine des temps modernes, que celui de l'institution militaire où l'on se trouve porté, par le vote de ses camarades, à l'honneur de les commander.

Le gouvernement dernier, qui a eu le tort de gâter la Garde nationale en voulant trop faire pour elle, avait décidé qu'après trois nominations successives au grade de capitaine, on avait droit à la décoration. C'était un appât de plus jeté à cette soif d'honneur sans motif qui travaillait beaucoup trop de monde. Le plus bel honneur en cette circonstance n'est-il donc pas d'avoir un grade sans l'avoir cherché, par le seul effet de la sympathie générale qu'on a su inspirer, et quand, après trois ans, ces mêmes camarades vous continuent leur confiance parce qu'ils ont reconnu qu'ils l'avaient bien placée, c'est qu'ils ont su apprécier le caractère et les qualités morales de celui à qui ils avaient remis le droit de les commander, de les discipliner, de les diriger toujours et sans tergiverser dans l'esprit et la devise du drapeau : *Liberté, ordre public*, — ce qui veut dire : Liberté réglée et sans désordre, Égalité devant la Loi, Tranquillité régulière dans tout le pays, conditions sans lesquelles les pays les mieux civilisés, comme les mieux constitués, ne pourraient jamais vivre. Eh quoi !... N'est-ce donc pas assez dans l'existence d'un citoyen honorable et courageux d'avoir été constamment bien apprécié par ceux qui l'entourent, par les habitants de son quartier ou de son endroit au point d'avoir été placé par eux-mêmes à leur tête pendant neuf ou douze années consécutives, est-il besoin qu'un ruban rouge vienne le certifier à tous les yeux ? Non, certes, car la plus belle satisfaction que l'on puisse éprouver, c'est cette sympathie incessante que l'on sait inspirer à tous, loyalement, franchement, sans orgueil, et sans l'avoir recherchée en aucune manière.

La seule croix que je trouve bien placée à titre d'ancienneté, c'est celle donnée à un colonel qui, ayant longtemps et constamment été nommé comme supérieur d'une légion, l'a toujours bien dirigée et administrée, de manière à en faire le plus possible un faisceau d'hommes résolus et dévoués à l'institution et au digne chef qui les commande et les dirige si bien. C'est alors la juste récompense d'une tâche aussi lourde et aussi difficile. Cette décoration en cette circonstance rayonne de tout son éclat sur la légion qui possède un tel chef et qui a su l'apprécier.....

Après la grande lutte de 1848, là où la Garde nationale a fait son devoir, autant et plus encore que les circonstances et les quartiers diversement occupés par les insurgés ont pu lui permettre, plus d'un acte héroïque eut lieu dans son sein. Mais le gouvernement d'alors, qui, par la grandeur de la guerre même, n'a pu prendre chaque chose sur le fait, assimilait, avec raison, la Garde nationale avec l'armée, puisqu'elles avaient combattu ensemble, et a accordé, après que la Constituante avait décrété que la *Garde nationale avait bien mérité de la Patrie*, un nombre de croix limité par légion ; des commissions furent nommées, une par bataillon, pour décerner ces croix avec toute la justice possible ; eh bien, là encore, des amours-propres ridicules s'en sont accordé à eux-mêmes et à leurs amis, sans qu'aucune circonstance particulière n'ait désigné les nouveaux titulaires de cet insigne honneur, si ce n'est celle de leur bon plaisir.

Au 13 juin 1849, un acte de résolution bravement et vivement exécuté par une portion de la 4e compagnie du 2e bataillon a été pris sur le fait ; les deux capitaines qui avaient entraîné leur peloton réuni dans le passage du Cheval-Rouge pour marcher sur la première barricade qui se formait près du Conservatoire avant qu'aucune troupe ne fût encore arrivée, ont été décorés avec plusieurs de leurs camarades ; ils avaient là reçu et rendu plusieurs coups de feu, et ils ont puissamment contribué à ce que cette barricade n'ait pas eu de suite. Voilà, mon Colonel, des faits sans réplique qui ont amené des décorations auxquelles j'ai applaudi des deux mains.

Il est encore dans la Garde nationale d'autres décorations, qui ne peuvent assurément être suspectées, puisque ce sont les compagnies mêmes qui les donnent à leurs possesseurs. Je ne terminerai pas cette dissertation sans vous parler de quelques-uns de ces sabres d'honneur qui sont à ma connaissance..... (1).

. . . .

Il est certain du reste que l'enthousiasme pour les grandes actions, ou les grands caractères qui se produisent à temps, au moment des grandes crises, et qui semblent être la planche de salut après le naufrage, est assurément très naturel ; c'est le mouvement spontané de l'âme, c'est le cri de reconnaissance parti du cœur d'un chacun qui remercie le bienfaiteur général. Ce sentiment, mon Colonel, manque rarement son effet en France. Ou si après un grand acte on y reste froid, c'est que celui qui l'a fait n'a

---

(1) Suit un récit de faits, de différents actes de vaillance accomplis par des officiers ou soldats de la Garde nationale.

pas frappé juste, ou qu'il aura froissé un sentiment sympathique,
ou bien c'est que l'acte aurait été fait dans l'intérêt d'un homme
ou d'un parti, plutôt que dans celui de la France entière. Mais
après l'expression vive des sentiments que les circonstances com-
portent, il devrait toujours, chez un peuple sage et réfléchi, y avoir
la raison qui pense, compare et se souvient. Une révolution venait
de se faire en 1830; le motif était une atteinte à la loi fondamentale qu'avait juré de respecter toujours le roi comme le peuple et
qu'assurément ni l'un ni l'autre ne devaient enfreindre. Cette
révolution pouvait donc, dans l'avenir, être un enseignement terrible pour tout pouvoir qui tenterait un coup d'État quelconque.
Mais c'était une révolution, c'est-à-dire un acte violent qui peut
troubler longtemps et profondément un pays qui vient de l'éprouver; il était donc de l'intérêt de tous ceux qui ont à en souffrir, et
c'est au moins les trois quarts de la population, de travailler à
empêcher le renouvellement de semblables crises toujours désas-
treuses, quand bien même elles sont justes. Le seul moyen était
donc de protéger et soutenir la monarchie nouvelle, seul pouvoir
conservateur, et qui est à l'existence des États civilisés ce que les
battements réguliers du cœur sont à l'existence physique d'un
chacun, sans examiner ici si, en 1830, le lieutenant général du
royaume, à la suite de l'entraînement tout particulier qui a fait
cette révolution, qui n'était ni un escamotage ni une surprise,
mais bien le résultat d'un mouvement spontané, immense, non
seulement des classes populaires, mais aussi de la bourgeoisie
dans toutes les catégories qui la composaient alors, aurait dû n'ac-
cepter que la régence au lieu de la couronne, comme l'ont toujours
dit cette portion de l'ancienne noblesse et du clergé aussi, qui,
assurément, si elle prêchait l'amour de Dieu et du prochain, n'a
pas prêché avec la même faveur le respect des pouvoirs nouveaux,
qu'on était bien heureux alors de trouver comme digue aux excès
d'une révolution, dont ils étaient eux-mêmes les premiers auteurs
et qui ont eu le tort, en restant obstinément toujours emmaillotés
dans leur drapeau blanc comme dans leurs vieilles idées et leur
vieille rancune, d'avoir été aussi une des causes qui nous ont procuré cette catastrophe déplorable de février 1848, et dont les excès
n'ont pu être empêchés cependant que par le courage de cette
classe bourgeoise pour laquelle ils ont toujours et ont encore un
profond mépris. Ce sont peut-être, mon Colonel, ces mêmes ran-

cunes qui ont été cause, dans la dernière Chambre, du fractionne-
ment de la majorité, ce qui a facilité et rendu nécessaire le coup
d'État du 2 décembre, et je me suis laissé dire alors par des politiques très bons observateurs, que le Président de la République
venait de gagner une belle partie, en faisant « domino avec le
double blanc ». Ce sont de ces rancunes et de ces idées trop rétro-
grades d'une part, et de ces idées, de ces entraînements et de ces
exagérations démocratiques de l'autre, qu'il aurait fallu que la
bourgeoisie se défiât et les neutralisât, si elle avait compris l'importance de son rôle, et la Garde nationale celui de son devoir. Pour
cela il n'y a, pour s'en convaincre, qu'à jeter les yeux sur les pays
qui nous environnent. Qu'a fait depuis longtemps déjà l'Angleterre ? Elle entoure de ses plus grands respects la royauté et celui
ou celle qui la représente. — Qu'a fait depuis vingt ans et que fait
encore la Belgique ? Elle respecte et fait respecter sa royauté, et
l'on se souvient encore de la manière dont elle a reçu la trop
célèbre et ridicule entreprise de « Risquons-tout ». Qu'a fait et que
fait encore l'Espagne ? qui vient tout récemment encore de mon-
trer son respect, sa sympathie et son attachement pour sa reine,
lors de l'attentat du curé Mérino..... Aussi ces peuples sont tranquilles, gagnent de l'argent, profitent de nos sottises et se moquent
de nous, ce qui est assurément très flatteur et très avantageux
pour le peuple de la terre réputé le plus spirituel et le plus brave.

Les émeutes et les attentats qui eurent lieu sous le dernier
règne, soit contre le gouvernement établi, soit contre la personne
du monarque, ont bien, il est vrai, entretenu quelque temps cet
enthousiasme de circonstance, et conservé dans la Garde nationale
cet esprit d'ordre dont malheureusement la nécessité plutôt que
le raisonnement était la cause, mais alors les partis révolutionnaires, voyant leurs sinistres projets toujours manquer et leur
déconsidération s'en accroître de plus en plus, ont pris alors,
adroitement, la résolution de dissimuler leur but et de ne plus faire
que de l'opposition dite constitutionnelle. Quand on joue dans
un pays semblable rôle et qu'on ne peut plus produire d'effet avec
la peau du lion dont on s'était affublé, il faut bien prendre alors
celle du renard, et attendre tout du temps, en comptant sur la
légèreté et le béotisme parisien. Ce moyen, hélas ! ne leur a que
trop réussi, et la calomnie, cette arme des lâches, a mieux frappé
que l'arme des brigands cachés derrière une fenêtre. C'est pour-

tant, mon Colonel, dans ses filets tendus, je le veux bien avec adresse, mais dont les mailles pouvaient pourtant s'apercevoir, que la bourgeoisie a eu la simplicité de se laisser prendre; on lui avait, il est vrai, jeté quelques appâts trompeurs, comme celui de l'indépendance, lorsque l'on était très libre, celui de donneur de leçon à un pouvoir, qui n'en avait pas besoin, et absolument comme l'oiseleur habile qui répand dans ses pièges quelques graines attrayantes mais perfides, qui attirent pour les prendre tous les chardonnerets, les pierrots et les serins du voisinage... Que faisait-on dans la Garde nationale alors ? Oh ! mon Dieu, on y jouait bonnement au soldat, et dans les compagnies d'élite, ces braves des braves de nos bataillons, c'était à qui inventerait une variation quelconque aux uniformes, cependant fixés par la loi. Les conseils de famille se rassemblaient souvent pour cet objet, on y parlait beaucoup, on s'y disputait quelquefois aussi, le tout à propos de cette émulation de passe-poils, ou de bandes de diverses couleurs, de pompons ou d'aigrettes; c'était enfin l'époque des Jérôme Paturot... Heureusement que l'Etat-Major général est venu à temps y imposer son véto, en décrétant que la tunique serait désormais l'uniforme de toute la Garde nationale en général. Après cela, lorsque ces bizarres fantaisies furent ainsi annulées, comme les enfants qui se lassent d'un joujou et ne veulent plus s'en servir, tel beau qu'il soit, on a fini par se lasser d'un service qu'on aurait dû pourtant toujours remplir avec zèle, si l'on avait voulu se donner la peine d'en bien étudier la nécessité et le rôle important, quand il est bien rempli, que ce service peut jouer dans nos institutions libérales.....

Remarquez bien, je vous prie, mon Colonel, que tout ce que je vous ai écrit comme ce qui va suivre, a été composé avant les événements du mois de décembre et, dans l'attente non pas d'une semblable chose, mais d'une lutte qu'on prévoyait pour le mois de mai prochain. Je comptais alors que les élections des officiers se feraient au plus tard au mois de janvier et d'après la loi votée par la Chambre, c'est donc comme officier que je vais parler de cette lutte, et quels auraient été les moyens à employer pour y entraîner la Garde nationale et la rendre, dans cette guerre, la plus utile possible. Maintenant la lutte est passée et les officiers de la nouvelle Garde nationale, si toutefois on parvient à en former une, seront nommés par le Prince-Président. Il est plus que probable que je n'en ferai pas partie..... n'ayant pas l'honneur d'être plus connu du nouveau gouvernement que je ne l'ai été de celui du roi Louis-Philippe, ce qui ne m'a pas empêché de lui être fidèle parce qu'il l'avait été lui-même à la loi, de lui rendre dans cet écrit la justice qu'il mérite, et d'avoir été tout prêt à le défendre en février s'il avait voulu se défendre et livrer sa bataille.

La lutte du mois de mai, si toutefois elle avait eu lieu, je l'attendais sans crainte. J'aurais désiré que la Garde nationale réorganisée s'y préparât comme à celle de 1848, je pense même que les esprits s'y trouvaient déjà entraînés, car pour les cadres, les seules conditions dont on s'occupait, c'était de les former spécialement d'hommes d'ordre, de caractère et d'énergie, décidés à y marcher sans crainte et sans peur. D'ailleurs, il était rationnel que puisque la bourgeoisie, jusque dans ses classes les plus inférieures, se trouvait menacée, c'était à elle à se défendre, et, certes, combattant avec l'armée, la victoire était certaine, le coup le plus fort, le plus terrible, et par cela même le plus décisif, avait été porté en juin 1848, et les journées de juin 1849, comme celles du mois de décembre, n'ont été qu'une scène de ce grand drame qui en a eu de si terribles. Le spectre rouge de M. Romieu, comme quelques articles de certains journaux, n'ont jamais été à mes yeux, par leur exagération, qu'une mauvaise plaisanterie pour effrayer la bourgeoisie et les campagnards dont il était le cauchemar éternel. J'ai compris depuis pourquoi on laissait la Garde nationale désorganisée; on a pu alors la consigner facilement chez elle le jour de la bataille; on a bien fait, car dans l'état où elle se trouvait alors, d'une part, et les motifs de la lutte, de l'autre, cette milice n'aurait pu y faire qu'une fort triste figure, et il en serait résulté de nouveaux malheurs inutiles; il y en a eu déjà de trop, pour ne pas trouver convenable la pensée qui en a évité davantage; aussi la Garde nationale a-t-elle exécuté cette consigne avec une exactitude toute militaire, ce qui lui a valu un ordre du jour des plus flatteurs, de son nouveau général.

J'ignore, mon Colonel, quand et comment sera réorganisée la nouvelle Garde nationale. Un point qui a toujours fait mettre beaucoup d'hésitations dans chaque réorganisation de cette arme, c'est la crainte assez fondée, du reste, de l'abstention des gardes nationaux les jours d'émeutes, et par conséquent un grand nombre d'armes qui peuvent se trouver prises par les révoltés. Je conviens que cette crainte n'est pas sans fondement. Mais si la Garde nationale est réorganisée, il ne faudra plus s'occuper que de rendre cette crainte la plus puérile possible. J'ai promis, en commençant cet écrit, d'en dire mon avis; je vais, mon Colonel, remplir cette promesse et, prenant pour point de départ les circonscriptions nouvelles et leurs lieux de rassemblement, je dirai pour terminer :

1° Que par la suppression des compagnies d'élite et la transformation de toutes les autres en circonscriptions déterminées, ayant comme je viens de le dire chacune leurs lieux de réunion dans la circonscription même, on peut très facilement, au premier avis des chefs, qu'on est à même de mieux connaître, comme au premier coup de baguette de tambour, se rendre de suite à son poste, je sais bien que dans ces moments critiques plus d'un cœur pourra se troubler. Mais c'est aux plus braves à entraîner les autres; rien chez les Français n'est communicatif comme ce sentiment;

2° Plus on aura de promptitude à se rendre à son poste, moins il y aura de danger; d'ailleurs, si l'on tient à ne pas livrer ses armes, c'est de s'y rendre de suite; au poste, il est à peu près impossible qu'on s'en empare, au lieu que chez soi, ce n'est pas toujours possible, même en voulant les défendre;

3° Que les officiers fassent faire, suivant les circonstances, ou fassent eux-mêmes des rondes chez les retardataires, et s'ils refusent, leur enlever leurs fusils et les mettre en sûreté au poste; les noms étant sur les banderoles, ils serviront de pièce de conviction aux conseils de discipline pour juger ce refus de service;

4° Les troupes étant arrivées, tous ces postes peuvent servir de postes d'observations pour arrêter les rôdeurs et les fuyards, surveiller les fenêtres et faire au besoin la guerre de tirailleurs;

5° Si un poste est attaqué, c'est à ceux qui l'entourent de venir à son secours, et vice-versa; ainsi, mon Colonel, en calculant par l'ancienne Garde nationale, on trouve que 12 légions, formant 48 bataillons de 6 compagnies chaque, nous donnent 288 compagnies de 2 à 300 hommes chaque, et bien que, terme moyen, il vienne 100 hommes par compagnie répondre de suite au premier appel, on aura donc 288 postes formant un effectif de 28.800 hommes qui peuvent empêcher qu'on pille les armes ou autre chose, qu'on commence des barricades ou qu'on entraîne par de la propagande de cabaret les individus qui s'y trouvent.

Mais, après tous ces calculs de stratégie militaire, qui, bien observés, pourraient produire du résultat satisfaisant, il faut encore, et par-dessus tout, un sentiment très vif d'entraînement général pour que des hommes, dont la moitié au moins n'ont jamais servi, qui ne sont soldats que six à huit fois par an, qui doivent en y allant risquer leur vie, abandonner leur famille, leur industrie ou leurs propriétés, deviennent tout à coup des braves décidés à faire triompher telle chose ou telle autre suivant les circonstances ; c'est peut-être demander à la nature humaine plus qu'elle ne peut produire ; il faut donc, comme je l'ai dit, un entraînement général qui ne peut être à coup sûr que la résistance à tout ce qui peut compromettre ces mêmes familles, ces mêmes industries ou propriétés, ce sentiment s'appelle celui de la conservation. Ainsi, en 1832, la Garde nationale fait son devoir, parce qu'elle craignait une révolution nouvelle dans le sens de ce qu'on avait pu éviter en 1830, et qui pouvait, en ébranlant tout, comme en 1848, compromettre ce qu'on a toujours intérêt à défendre ; en 1834, c'est encore le même motif qui entraîne ; en 1835, il s'y joint l'indignation que tout ce qui avait un peu de cœur devait naturellement éprouver. On se disait : Mais que deviendrait donc la France, si elle était jamais gouvernée par de tels hommes capables de commettre de tels crimes ? Je ne parle pas de l'affaire Barbès ; autant celle de Fieschi était le comble de l'horreur, autant celle-ci était le comble du ridicule. Quoi ! Dans des temps très prospères, sans qu'aucune question politique n'ait pu y donner lieu, par un beau dimanche de mai, quand tous les cœurs étaient à la joie et tout le monde à la promenade, une centaine d'individus des sociétés secrètes décrètent, après boire, que, pour se distraire, on s'occupera de renverser un gouvernement, et puis on se met à l'œuvre de suite, et de suite aussi on est battu.

En février 1848... Mon Dieu, à cette misérable époque, un inconcevable vertige, un immense quiproquo a fait que l'instinct de conservation a manqué au gouvernement comme à la Garde nationale, comme à tout le monde. Mais après, à la vue de cet écroulement général des fortunes, à la vue de ces singuliers vainqueurs, qui ne l'ont été que pour nous avoir pris dans le sommeil de la vérité, le réveil a été terrible ; mais, à l'honneur des honnêtes gens, il a été à la hauteur du mal et il l'a dompté... C'est pour cela, mon Colonel, que je ne m'effrayais pas de cette jacquerie dont on parlait si fort; sans doute, quelques-uns d'entre nous y auraient trouvé une mort glorieuse, mais, dans ces moments suprêmes, il ne s'agit pas de savoir comment l'on tombera, mais si l'on tombera bien. On redoutait, il est vrai, cette crise de 1852, non seulement par rapport au parti révolutionnaire, mais encore par rapport aux deux pouvoirs qui constituaient alors le gouvernement même, qui étaient en lutte l'un contre l'autre et qui finissaient presque simultanément à cette date; c'était là, j'en conviens, le côté vulnérable du grand parti de l'ordre, et je n'étais pas moi-même sans inquiétudes. Cependant, c'était à tort qu'on se serait effrayé d'avance, il est toujours un point d'appui sérieux, qui tient dans ses mains généreuses et braves les destinées de notre beau pays; ce pouvoir, le seul qui puisse nous mener au port après tant d'orages et qui nous y mènera, c'est cette armée, l'orgueil à juste titre de la nation française, l'admiration de l'Europe entière, cette force intrépide, disciplinée, refuge et sauvegarde du véritable sentiment de l'honneur et du vrai patriotisme; elle ne discute pas, elle attend, elle sait qu'elle a été la gloire du pays au dehors, elle sait aussi qu'elle est appelée à le sauver au dedans; elle sait qu'elle est l'armée de la France, la force de la loi; elle ne voudra pas, quoi qu'on fasse, elle tiendra à honneur de ne pas vouloir être autre chose. Cette noble tâche, c'est son point d'honneur, c'est son drapeau à défendre, depuis 1832 jusqu'à ce jour; j'ai vu cette force incorruptible autant que brave être toujours la même, aussi est-ce encore le point d'appui auquel il faut se rallier, c'est en elle qu'il faut mettre sa confiance, il est certain qu'elle sera bien placée; elle connaît ses chefs, elle les a vus sur plus d'un champ de bataille, elle sait qu'eux ils savent où est l'ordre et la loi, l'honneur et le devoir; qu'on ait donc confiance, mon Colonel; quand le jour sera venu, qu'on marche sans crainte et disons à nos camarades : suivez avec nous l'armée, nous sommes dans les guerres civiles sa force morale; vous étiez fiers de vous trouver ensemble dans les temps tranquilles, vous cherchiez à l'imiter dans sa bonne tenue; dans ceux difficiles, vous avez eu la gloire de l'imiter dans sa bravoure, mais, comme disait le grand capitaine, rien n'est fait quand il reste encore à faire; suivons l'armée, marchons avec elle et sauvons ensemble la civilisation, et défendons les lois aux cris mille fois répétés de : Vive la France!...

Voilà, mon Colonel, comme je me préparais à cette lutte qui

pouvait être plus ou moins grave, mais dans laquelle, certes, la victoire serait restée, comme en 1848, au parti des honnêtes gens de toutes les couleurs; il n'était pas possible que dans ce pays où on s'est si bien défendu dans la première année de cette Révolution, on soit tout à coup pris en 1852 d'une maladie de consomption telle, que nous nous soyons laissé égorger, piller, partager nos biens par un tas de fous entremêlés de brigands, bons à tout faire; certes, à ce moment-là, il n'aurait pas fallu qu'on continuât à être pris d'une peur panique, mais, au contraire, de ce courage véritable qui est dans le caractère français, et l'entraînement de l'instinct de la conservation l'eût reproduit bien vite.

Mais le coup d'État du 2 décembre, en venant étonner tout à coup Paris et la France, a tout à coup aussi terminé cette lutte et les inquiétudes qu'elle occasionnait. Le Prince-Président, avec ce bons sens et cette vigueur d'exécution qui le distinguent, a d'abord mis tout simplement la capitale en état de siège et, dans une proclamation très claire et très précise, a démontré quelle était la position du pays, le motif de son acte et les principes fondamentaux de la constitution nouvelle dont il voulait doter le pays; ce coup d'État, préparé depuis plus d'un an, exécuté avec beaucoup d'adresse, a réussi. Ainsi l'instinct de la conservation, dont j'ai déjà parlé, a amené un entraînement tel qu'on a approuvé, légalisé cette action passablement excentrique par 7.500.000 votes approbatifs.

J'ai suivi, mon Colonel, le pays dans son jugement, j'aurais préféré peut-être qu'on revisât la constitution, en passant par-dessus l'article III, puisqu'on avait la majorité simple; le pouvoir législatif faisant le coup d'État avec le pouvoir exécutif, le gouvernement parlementaire aurait pu être un peu plus conservé, mais il était écrit là-haut que nous serions punis par où nous avions péché.

Si j'ai, mon Colonel, suivi le pays sur le résultat du plébiscite, ou je me trompe fort, ou je le crois suivre aussi sur l'effet triste et désapprobateur qu'a produit généralement le décret sur la vente des biens de la famille d'Orléans. Cette famille n'a pas été chassée, elle s'est retirée après un compromis sans exemple, pour éviter une guerre civile, les Princes sur une lettre de M. Arago à laquelle ils ont répondu qu'ils se retiraient pour ne pas porter dans leur pays la guerre civile; la France a gardé souvenir de cette noble conduite, et, sans doute, en votant le plébiscite du 21 décembre, elle n'a pas entendu voter la spoliation de leurs biens. Ce décret est illégal, car le roi Louis-Philippe a été le résultat d'une révolution, c'est-à-dire qu'en acceptant une couronne, il ne pouvait être certain d'y établir une dynastie ; c'était donc le devoir d'un père de famille d'assurer ces biens à ses enfants, ainsi l'a trouvé tout le monde à cette époque, car cela n'a été un mystère pour personne ; il est impolitique, parce qu'après un vote nécessité, il fallait gagner la sympathie ; ce décret a produit un effet contraire ; il est révolutionnaire, car, depuis la République, c'est le premier décret qui porte atteinte à une propriété pour la donner en pâture aux classes d'en bas. J'espère que l'exécution en sera mitigée et que l'on fera tout pour le rendre le plus nul possible sans avoir l'air pour cela de se rétracter.

Voilà, mon Colonel, mes sentiments personnels sur la bourgeoisie et la Garde nationale depuis 1830, ainsi que sur quelques circonstances actuelles. Je vous les dis avec la franchise d'un caractère qui pense tout haut et ne dissimule jamais sa façon de penser sur les hommes et sur les choses... Homme de rien moi-même, ainsi que je le dis dans le titre de cet opuscule, nous avons le noble orgueil d'être un homme d'honneur, c'est aussi la seule richesse que nous ayons reçue en partage de notre Dieu créateur, la seule que nous possédions encore, et qu'on espère lui rendre intacte quand nous quitterons ce monde ; si nous n'avons pas de bien, si nous n'avons pas de titre, nous avons voulu au moins, comme notre vieux père, soldat de la première République, conserver cette devise du chevalier Bayard, que nous avons constamment pris pour règle de conduite dans notre famille, être toujours : *sans peur et sans reproche.*

C'est dans ces sentiments que je vous prie de me croire, mon Colonel, votre très humble serviteur.

Henri MARIN.

7670 — Lyon, Imp. Réunies, rue Rachais, 8.

www.ingramcontent.com/pod-product-compliance
Ingram Content Group UK Ltd.
Pitfield, Milton Keynes, MK11 3LW, UK
UKHW022130170726
13837UKWH00003B/1464